무엇이 나라를 지키는 것이랴! 대표적인 주화론자의 상소문

병자봉사 丙子封事

역주자 신해진(申海鎭)

경북 의성 출생
고려대학교 국어국문학과 및 동대학원 석·박사과정 졸업(문학박사)
현재 전남대학교 인문대학 국어국문학과 교수

저역서 『남한기략』(박이정, 2012)
　　　　『한국고전소설의 이해』(공저, 박이정, 2012)
　　　　『대학한문』(공편, 전남대학교출판부, 2012)
　　　　『떠난 사람에 대한 그리움의 미학, 애제문』(보고사, 2012)
　　　　『증보 해동이적』(공역, 경인문화사, 2011)
　　　　『조선후기 몽유록』(역락, 2008)
　　　　『권칙과 한문소설』(보고사, 2008)
　　　　『서류 송사형 우화소설』(보고사, 2008)
　　　이외 다수의 저역서와 논문

병자봉사 丙子封事

초판 인쇄 2012년 4월 25일
초판 발행 2012년 5월 6일
원 저 자 최명길
역 주 자 신해진
펴 낸 이 이대현
책임편집 이소희
펴 낸 곳 도서출판 역락
주　　소 서울 서초구 반포4동 577-25 문창빌딩 2층
전　　화 02-3409-2058(영업부), 2060(편집부)
팩　　스 02-3409-2059
등　　록 1999년 4월 19일 제303-2002-000014호
이 메 일 youkrack@hanmail.net

정　가　　15,000원
ISBN　　978-89-5556-198-2 93810

* 파본은 교환해 드립니다.
* 저자와의 협의에 의하여 인지는 생략합니다.

무엇이 나라를 지키는 것이랴! 대표적인 주화론자의 상소문

병자봉사 丙子封事

崔 鳴 吉 원저
申 海 鎭 역주

역락

▌머리말

    이 책은 원래 김상헌의 ≪남한기략(南漢紀略)≫과 함께 출간되었을 책이었다. 청음 김상헌(1570~1652)과 지천 최명길(1586~1647)은 병자호란 당시 절체절명의 위기상황에 직면하여 '선전후화론(先戰後和論)'과 '선화후전론(先和後戰論)'으로 주장을 확고히 달리하며 치열하게 대립하였지만, 끝내는 서로의 참마음을 이해하며 화해한 인물들이었다. ≪남한기략≫의 기록에 의하면, 최명길이 쓴 항복문서에서 '신의 죄가 머리카락을 뽑아 헤아려도 다 세기가 어렵다.[臣罪擢髮難數]'는 글귀를 본 김상헌이 그 국서를 찢지만, 최명길은 '반드시 이어 붙여서 올릴 것이다.' 말하고 나오는데 어떤 사람이 '김상헌을 어떻게 처치해야 하느냐?' 묻는 것에 답하는 대목에서, 저 ≪사기(史記)≫<백이전(伯夷傳)>에 나오는 '부이거지(扶而去之)'를 말한 것으로 묘사되어 있다. 곧, 아들 무왕(武王)이 나무 신주(神主)를 싣고 문왕(文王)이라 이름하고 동으로 은(殷)나라 주왕(紂王)을 치려고 하자, 백이와 숙제가 왕의 말을 손으로 가로막으며 '아버지가 돌아가시어 장사도 지내지 않고 전쟁을 치르니 효자라고 할 수 있습니까?

신하로서 임금을 죽이는 것을 어진 사람이라 할 수 있습니까?’ 하니, 무왕의 좌우 신하들이 죽이려 하매 태공망(太公望)이 ‘이 사람들은 의인(義人)이다.’고 하면서 ‘몸을 부축하고 그곳을 떠났다.(扶而去之)’는 고사이다. 한편, 이 대목은 1686년에 최명길의 신도비명(神道碑銘)을 지은 남구만(南九萬, 1629~1711)의 글에서 보면, ‘글을 찢는 자도 없어서는 안 되고 글을 주워 맞추는 자도 마땅히 있어야 한다.(裂書者不可無, 而補書者亦宜有.)’고 말한 것으로 쓰였는데, 1700년에 최명길의 신도비명을 역시 지은 박세당(朴世堂, 1629~1703)의 글에도 그대로 나타난다. 남구만과 박세당은 처남매부 사이인데다, 최명길의 손자 최석정(崔錫鼎, 1646~1715)과는 소론(少論)의 3인방이었다. 또한 최석정은 남구만의 문인이기도 한데, 남구만은 공교롭게도 척화파 오달제(吳達濟, 1609~1637)의 조카사위이기도 하다. 아울러 최석정의 아들 최창대(崔昌大, 1669~1720)가 <지천공유사(遲川公遺事)>를 지었는데 역시 남구만의 글귀가 그대로 들어있다. 따라서 김상헌이 쓴 글에 최명길의 그러한 대답이 묘사된 대목을 심상하게 보아 넘길 것은 아닌 듯하며, 그들 사이에 마음에서 마음으로 전하는 불립문자(不立文字)를 살필 일이다.

후대 사람들은 그들을 흔히 ‘명분을 중시한 척화론자’요, ‘실리를 중시한 주화론자’라고 편 가르기 하듯 일컫는다. 물론 그러한 구분도 나름대로 의미가 있겠지만, ‘죽을지언정 굴복은 있을 수 없다.’는 김상헌, ‘굴복을 할지라도 살아야만 한다.’는 최명길, 이들을 단칼에 무 자르듯 누가 더 옳고 그른가를 따지는 것은 힘든 일이 아닐 수 없다. 두 주장은 분명 개인의 안위를 위해서가 아니라 진정한 애국심의 발로였다는 점은 확실하기 때문이다. 그리고 이들의 화두는 오늘날까지도 여전히 유효하다는 점에서 그 주장들을 세심하게 읽을 필요가 있다. 그리하여 1636년 이른바 병자호란이 일어났던 해에 최명길이 당시 급변하는 국제정세에 제대로 대응하지 못하는 것을 나름대로 진단하고 그 대책을 제시한 시무소(時務疏)로 구성된 '병자봉사(丙子封事)'를 소책자로 만들려고 했던 것이다.

그런데 원고를 마무리하기 직전 어떤 모임에서 최명길의 지천선생집(遲川先生集)이 2008년에 번역되었다는 사실을 우연히 알게 되었다. 그 번역 책을 조사해 보니 출판사는 찾을 길이 없었고, 책자도 국립중앙도서관에만 소장되어 있는 것으로 확인되었다. 새 학기가 시작된 바쁜 시점이라, 기존의 번역 성과를 소홀히 검토한 것에 대해 자책만 할뿐 어찌해야 할지 난감하기가 그지없었다. 그 다음 날 다시 조사해보니 한양대학교와 홍익대학교 도서관에도 소장되어 있어서, 혹시나 하는 마음에 나름대로 샅샅이 찾아보았지만 더는 없었다. 그리하여 전남대학교 도서관 담당자에게 이런 사실을 알려주면서 상호대차가 가능한 도서관에 자료를 빌려 볼 수 있도록 처리를 부탁했더니, 기증받은 도서라 빌려줄 수는 없고 필요한 부분만 복사해주겠다는 답변을 받았다고 알려 왔다. 번역 책의 목차를 알 수 없는 상황에서 필요한 부분의 면수를 알려줄 수 없는 나로서는 먼저 목차 부분만 복사 신청을 한 후에 그것을 받아보고, 다시 필요한 부분의 면수를 확인하고 복사 신청을 하여서야 번역본을 확인할 수 있었다. 이런 과정을 소상히 밝히는 것은 다른 의도가 있어서가 아니라, 출판사도 확인할 수 없고 소장처도 극히 제한적이며 이용도 용이치 않다는 것을 드러내어 이 책의 출간 필요성을 말하기 위함이다. 게다가 번역 책은 권당 평균 800면 이상으로 된 4권의 방대한 체재라는 점에서 이 책과 같은 소주제의 소책자가 필요한 것으로 판단했다는 것을 알리기 위함이다.

결국 이 책은 그 번역 책과 비교했을 때 보다 더 정교한 번역, 풍부한 주석으로 인해 질적 차이가 있었고, 또한 3편의 상소문이 나올 수밖에 없었던 상황을 이해하기 위한 참고자료들을 덧붙인 변별적 요소를 갖추었기 때문에, ≪남한기략≫과 함께 출간되지 못했을망정 이미 준비한 그대로 이제 출간하는 것이다.

최명길의 병자봉사(丙子封事)는 3편으로 이루어져 있다. 1636년 2월 26일, 9월 5일, 11월 6일 세 차례 올린 글들이다. 이 세 편에 대해서는 주석을 하고 완역하였다. 번역문이라 하더라도 이 글들을 제대로 이해하기 위해서는 그와 관련된 참고자료를 찾아서 읽을 필요가 있다. 그리하여 직접적인 연관이 있는 글 11편과 최명길 스스로가 되돌아보며 행한 평가의 글 1편, 최명길의 손자 최석정이 올린 장문의 상소문 1편 등을 포함하여 총 13편을 수록하였는데, 주객전도된 감이 없지 않다. 그렇지만 이 책 안에서 관련 자료를 두루 살펴볼 수 있는 이점도 있을 것이라 생각한다. 이는 이 책을 발간하려고 했던 근본 계기라고 할 수도 있다.

먼저, 관련 참고자료는 국사편찬위원회가 운영하는 조선왕조실록 사이트에서 인용하여 수록하였다. 그 인용 사실은 일러두기와 각 참고자료의 말미에 밝혀두었다. 인용 자료는 최소한의 윤문을 하는 가운데 오탈자 수정, 한자 병기 및 삭제 등이 있었으며, 호흡을 고르기 위한 쉼표 등의 가점도 또한 있었다. 해당 관계자에게 양해 및 감사의 말씀을 드리는 바이다.

그리고 최명길의 삶에 대해 짧은 글을 쓰려고 자료를 찾다가 한국외국어대학교 사학과 이은순 명예교수님의 글을 발견하였다. 최명길에 관한 연구가 그리 많지 않았던 비교적 이른 시기인 1997년도 11월 신문에 연재한 글이었다. 이 글의 전문을 전재하기로 하고, 이은순 명예교수님께 전화로 나의 의도를 말씀드렸더니 흔쾌히 허락해 주셨다. 그로 인해 보잘것없는 이 책자가 빛나게 되매, 이 지면을 빌어 머리 숙여 감사의 말씀을 드린다.

끝으로 편집을 맡아 수고해 주신 역락 가족들의 노고에도 심심한 고마움을 표한다.

2012년 3월

빛고을 용봉골에서

무등산을 바라보며 신해진 謹識

차 례

병자년 상소, 그 셋째

丙子封事 第三 ……………………………………………………………………… 71

부 록

일러두기

이 책은 다음과 같은 요령으로 엮었다.

1. 번역은 직역을 원칙으로 하되, 가급적 원전의 뜻을 해치지 않는 범위 내에서 호흡을 간결하게 하고, 더러는 의역을 통해 자연스럽게 풀고자 했다. 마지막 교정할 때 참고한 기존 번역서는 다음과 같다.
   최병직·정양완·심경호 역, 『증보역주 지천선생집』 Ⅱ, 도서출판 선비, 2008.
2. 이 책은 최명길의 상소문을 이해하기 위한 참고자료 13개의 글이 수록되어 있다. 모두 국사편찬위원회가 운영하는 〈조선왕조실록〉 사이트에서 인용한 것이다. 최소한의 윤문을 하되, 가급적이면 원문 그대로 인용하였다. 국사편찬위원회에 진심으로 감사드린다.
3. 원문은 저본을 충실히 옮기는 것을 위주로 하였으나, 활자로 옮길 수 없는 古體字는 今體字로 바꾸었다.
4. 원문표기는 띄어쓰기를 하고 句讀를 달되, 그 구두에는 쉼표(,), 마침표(.), 느낌표(!), 의문표(?), 홑따옴표(' '), 겹따옴표(" "), 가운데점(·) 등을 사용했다.
5. 주석은 원문에 번호를 붙이고 하단에 각주함을 원칙으로 했다. 독자들이 사전을 찾지 않고도 읽을 수 있도록 비교적 상세한 註를 달았다.
6. 주석 작업을 하면서 많은 문헌과 자료들을 참고하였으나 지면관계상 일일이 밝히지 않음을 양해바라며, 관계된 기관과 여러분들께 진심으로 감사드린다.
7. 이 책에 사용한 주요 부호는 다음과 같다.
   1) (　) : 同音同義 한자를 표기함.
   2) [　] : 異音同義, 出典, 교정 등을 표기함.
   3) " 　 " : 직접적인 대화를 나타냄.
   4) ' 　 ' : 간단한 인용이나 재인용, 또는 강조나 간접화법을 나타냄.
   5) < > : 편명, 작품명, 누락 부분의 보충 등을 나타냄.
   6) 「 　 」 : 시, 제문, 서간, 관문, 논문명 등을 나타냄.
   7) ≪ ≫ : 문집, 작품집 등을 나타냄.
   8) 『 　 』 : 단행본, 논문집 등을 나타냄.

병자년 상소, 그 첫째

丙子封事 第一

병자년 상소, 그 첫째
丙子封事 第一

삼가 아뢰옵니다.

신(臣)은 병으로 집에서 앓아누워 조정이 논의하는 데에 참여하지 못하고 길에서 전하는 말들을 들었사온데, 이번 금(金 : 후금)나라 차인(差人 : 용골대)의 말은 도리에 어긋나고 오만하며 흉악하고 교활하여 차마 듣지 못할 것이 있으니, 모든 혈기를 지닌 사람이면 그 누군들 분개하여 죽고 싶어 하지 않겠습니까?

가만히 듣건대, 구관소(句管所)의 여러 관리들이 주고받은 논의와 묘당(廟堂 : 조정)에서 세운 계책은 말도 바르고 사리에도 합당하니 두루 볼만한 것이 있사옵니다만, 신의 마음에 지나친 우려라 하더라도 하지 않을 수 없는 말이 있습니다. 당초에 화친(和親)을 약속했을 때 우리 조정이 군신(君臣)간의 대의를 되풀이하여 설명하니, 저들이 비록 하찮은 오랑캐라고 하나 그래도 지각이 있는 까닭에 감히 우리에게 불의(不義)를 하도록 강요하지 않았습니다. 사이좋은 이웃나라가 되기로 약속하면서 하늘에 고하여 맹서한 지 10여 년 사이에 별다른 말이 없다가, 이제 홀연히 이런 말을 꺼내는 것은 어째서이겠습니까? 또 오랑캐는 이미 만주 벌판에 걸쳐 차지하고 있는데다 제재 받을 곳도 없어서 버젓이 황제라 칭하였으니, 누가 다시는 칭하지 못하도록 할 수 있겠습니까? 그런데도 기어이 우리나라를 구실로 삼고자 하니, 그 속셈은 아무도 알기가 어렵습니다. 우리가 만약에 단지 구두로만 답하게 되면 조치한 일들이 명확하지가 못하니, 근거하여 증명하려 해도 할 수가 없사옵니다. 만일 교만한 오랑캐가 그 말한 내용을 뒤집어서 우리를 무함(誣陷 : 날조하여 어려운 지경에 빠트림)하면, 천하 사람들에게 장차 어떻게 스스로를 해명하시겠습니까?

신의 어리석은 생각으로는 선례(先例)대로 답하는 것 외에도 별도로 답서 하나를 만들되, '거짓 연호[僞號 : 청나라 태종의 연호 崇德을 일컬음]를 분수에 넘치게 사용해서는 안 된다는 것, 신하국(臣下國)으로서의 절개를 바꿀 수 없다는 것, 존비(尊卑)의 등급을 어지럽혀서는 안 된다는 것' 등을 갖추어 진술하여서 대의를 밝히고 국가의 체통을 보존해야 할 것입니다. 이어 오랑캐의 서신과 우리나라의 답서를 가져다가 독부(督府 : 명나라 都督이 있는 곳)에 외교 문서[咨文]로 보내어서 명나라 조정에 아뢰어 전달토록 하시는 한편, 8

도에 유시(諭示 : 백성들에게 알리는 글)를 내려 군사를 단단히 일러서
변란에 대비하도록 훈령하심으로써, 천하의 사람들로 하여금 우리
조정의 처리가 명백함을 환히 알게 한 연후에 오랑캐의 꾀를 꺾고
선비들의 기개를 북돋울 수 있다면 그 사실을 역사책에 쓴다 해도
부끄러운 말이 없을 것이옵니다.

또 듣건대, 용골대(龍骨大)의 행차는 오직 춘신사(春信使)와 조제(弔
祭 : 인조의 원비 인열왕후를 조문하여 제사하는 일)를 명분으로 삼았을
뿐이고, 한(汗 : 청나라 태종)의 국서에도 별다른 말이 없습니다. 이
른바 패서(悖書 : 사리에 어긋나 무례한 글)란 것은 팔고산(八高山)과 몽
고 왕자의 글입니다. 그 가운데 전례를 따른 글에는 답하시고 이
치에 어긋나는 말은 거절하시어, 군신간의 의리, 이웃나라의 도리
를 둘 다 보전하는 것이 계책으로는 마땅할 것입니다. 더군다나
지금 산릉(山陵 : 인열왕후의 능을 가리킴)의 역사(役事)가 다 끝나지 않
은데다 수비가 완전히 갖추어지지 못하고 있으니, 임시방편일망정
의당 병화(兵禍)를 늦추는 계책이라면 또한 어찌 전혀 생각지 않을
수 있겠습니까? 금나라 차인(差人)은 불러들여 만나보아도 해로울
것이 없사오나, 만나보아서 안 될 것은 서달(西㺚 : 몽고족을 일컬음)
일 뿐입니다. 서달도 박대할 필요는 없고, 마땅히 엄하게 물리칠
것은 이치에 어긋난 글[悖書]일 뿐입니다.

신이 가만히 오늘날 오랑캐의 정세를 살피건대, 단지 늦느냐 빠

르냐의 시기 차이만 있을 뿐 어차피 병화를 입는 것은 마찬가지이니, 괜히 어정쩡하게 처리하여 그들에게 이용당하는데 이르거나, 쓸쓸하게 사신을 돌려보내어 병화를 재촉해서는 아니 되옵니다. 성문이 닫히면 언로가 열려서 비록 후회하는 실마리가 있어도 또한 사태를 해결하지는 못합니다. 오늘날의 형세는 참으로 위급하다고 하겠습니다. 그러나 다행히도 바로 눈앞에서 병란을 당하는 지경에 이르지는 않았습니다만, 엎드려 바라건대 전하께서는 더욱 분발하셔서 먼저 큰 뜻을 세우소서.

지난번 간신(諫臣 : 옳은 말로 간하는 신하)과 연신(筵臣 : 經筵에 관계하던 벼슬아치)들이 아뢴 말을 많이 받아들이셔서, 언관의 직임을 맡은 신하들을 거두어 서용(敍用 : 免官되었던 사람을 다시 벼슬자리에 등용함)하시고 백성들을 병들게 하는 정치를 과감하게 개혁하시며, 인재들을 찾아내어 발탁하시고 장수와 군사들을 격려하시며, 신하와 백성들의 바람에 부응하여 위로해주신다면, 사람들의 마음이 일단 기뻐하게 되고 나라의 형편도 저절로 굳건해질 것입니다. 비록 외환이 있다고 해도 크게 허둥지둥하는 지경에는 이르지 않을 것입니다.

신은 질병이 줄곧 낫지 않아서 정신이 혼미해져 온전히 밖의 일을 살피지 못하지만, 삼가 구구하나마 나라를 근심하는 마음을 가누지 못한 채 외람되이 생각한 바를 진주(陳奏)하오니, 밝으신 주상께서는 헤아려주소서. 재결(裁決 : 옳고 그름을 가려 결정함)하여 주소서.

丙子封事 [第一]

伏以臣病伏私室, 不與朝廷之議, 聞諸道路之傳, 今此金差[1]之言, 悖慢[2]凶狡, 有不忍聞, 凡有血氣, 孰不憤惋欲死?

竊聞句管[3]問答, 廟堂[4]籌畫, 辭直理當, 有足可觀, 然於臣心, 有不得不爲過慮者焉。當初約和時, 朝廷以君臣大義, 反覆開陳, 彼雖犬羊[5], 亦有知覺, 故不敢强我以非義。約爲隣國, 告天立誓, 十餘年間, 未有他說, 今忽發爲此言者何也? 且虜旣跨據大漠[6], 無所受制, 肆然稱帝, 誰復禁止? 而必欲藉口於我國者, 其心或難知。我若只以口語答之, 則事跡晻昧, 無可據證。如使驕虜反其辭說而誣我, 於天下, 其將何以自解乎?

臣之愚意, 例答之外, 別爲一書, 備陳僞號[7]之不可僭, 臣節之不可

---

1) 金差(금차) : 金나라의 差人인데, 금나라 사신이라는 뜻. 후금에서 보낸 용골대를 가리킨다.
2) 悖慢(패만) : 도리에 어긋나고 오만함.
3) 句管(구관) : 句管所. 여기서는 구관소의 담당 관리를 일컫는다.
4) 廟堂(묘당) : 議政府를 달리 이르는 말.
5) 犬羊(견양) : 개와 양이란 뜻이나, 여기서는 '하찮은 오랑캐'를 의미함.
6) 大漠(대막) : 넓은 사막. <중국고금지명대사전>에 의하면 동쪽으로 興安嶺에서 서쪽으로 天山山脈까지 이르는 사이에 뻗어져 있는 사막을 말하는 것인데, 흔히 '만주 벌판'이라고 일컫는 지역이다.

易，　尊卑之等不可紊，　以明大義而存國體。仍將虜書及我國所答，　移咨[8]督府,[9]　轉奏[10]皇朝，　一面下諭[11]八方,[12]　訓飭兵馬，以待其變，使天下之人，曉然知朝廷處置之明白，然後可以折虜謀而壯士氣，書之史冊，無愧辭矣[13]。

　且聞龍胡[14]之行，　唯以春信[15]弔祭[16]爲名，　而汗[17]書亦無別語。其

---

7) 僞號(위호) : 거짓 연호. 여기서는 청나라 太宗의 연호인 崇德을 일컫는다. 이 당시에 우리나라 사람들은 청나라의 연호를 쓰지 않고 명나라의 연호인 崇禎을 써서 명나라에 대한 충성을 보이고자 하였다.

8) 移咨(이자) : 중국과 왕복하는 외교 문서를 보냄.

9) 督府(독부) : 都督府. 1629년 毛文龍이 죽고 나서 그 후임으로 椵島에 온 黃龍의 진영을 말한다.

10) 轉奏(전주) : 다른 사람을 대신하여 임금에게 아뢰어 전달함.

11) 下諭(하유) : 諭示를 내림. 유시는 관청 등에서 내려 국민을 타이르는 문서를 일컫는다.

12) 八方(팔방) : 8道.

13) ≪춘추좌씨전≫ <襄公 27년>의 "祭官이 읽는 제문은 神에게 사실대로 고해서, 부끄러운 말이 하나도 없었다.(其祝史, 陳信于鬼神, 無愧辭.)"에서 나온 말을 염두에 둔 표현.

14) 龍胡(용호) : 청나라의 장군 龍骨大. 병자호란 당시 조선에 침입하여, 남한산성에 피신한 인조의 항복을 받아낸 삼전도의 굴욕 사건으로 유명하다.

15) 春信(춘신) : 春信使. 조선시대 봄에 後金에 보내던 사신. 1627년 정묘호란의 화의 결과 조선은 후금과 형제국의 맹약을 맺고 매년 봄·가을에, 그들의 수도 瀋陽에 사신을 보내어 朝貢을 바쳐 왔다.

16) 弔祭(조제) : 仁祖妃 仁烈王后 韓氏가 1635년 12월 9일에 출산하다가 죽자 이를 조문하러 1636년 2월에 온 것을 일컬음. 16대 인조의 元妃 인열왕후는 서평부원군 韓浚謙의 딸로, 1594년 7월 1일 강원도 원주에서 태어났다. 인조가 왕위에 오르기 전인 1610년 가례를 올리고 청성현부인으로 봉해졌으며, 1623년 인조 즉위 시 왕비로 책봉되었다. 소현세자, 봉림대군(효종), 인평대군, 용성대군을 낳았는데, 42세인 1635년 12월 9일 용성대군을 출산하다 산실청에서 산후병으로 승하하였다.

17) 汗(한) : 오랑캐 추장. 여기서는 청나라 태종을 이른다. 이름 홍타이지[皇太極]. 시

所謂悖書者, 乃八高山[18]及蒙古王子書也。答其循例之書, 而拒其悖理
之言, 君臣之義, 隣國之道, 得以兩全, 於計爲宜。況今山陵[19]未畢, 守
備未完, 權宜緩禍之策, 亦何可全然不思? 金差不妨招見, 所不可見者
西㺚耳。西㺚不必薄待, 所當嚴斥者悖書耳。

臣竊觀今日虜情, 特有早晚, 等是被兵, 但不可矇矓處置, 以致見賣,
過於落莫, 以促其兵耳。城門閉言路開,[20] 雖有悔端, 亦不濟事。今日
之勢可謂急矣。而幸未至於目前被兵, 伏願殿下, 益加憤發, 先立大
志。

如頃日諫臣[21]筵臣[22]之言, 多所採納, 收敍言事之臣, 勇革病民之政,
振拔人才, 激勵將士, 以慰臣民之望, 則人心旣悅, 國勢自固。雖有外
患, 亦不至大段顚沛矣。

호 文皇帝. 태조 누르하치[奴兒哈赤]의 여덟째 아들. 1626년 태조가 죽자 後金國
의 캔[汗]으로 즉위하고 이듬해 天聰이라 改元하였다. 1635년 내몽골을 평정하여
大元傳國의 옥새를 얻은 것을 계기로 국호를 大淸이라 고치고, 崇德이라 개원하
였다. 1636년에는 명나라를 숭상하고 청나라에 복종하지 않는 조선을 침공하였으
며, 중국 본토에도 종종 침입하였으나, 중국 진출의 꿈을 이루지 못한 채 죽었다.
18) 八高山(팔고산) : 高山은 固山이라고도 하는데 만주어로 旗라는 뜻이니, 八旗라는
    의미. 팔기는 淸太祖가 제정한 兵制의 一大組職으로서 摠軍을 기의 빛깔에 따라
    편제한 여덟 부대이다.
19) 山陵(산릉) : 國葬을 하기 전에 아직 이름을 정하지 않은 새 능.
20) 城門閉言路開(성문폐언로개) : ≪御批歷代通鑑輯覽≫ 권82 <宋欽宗皇帝>에 의하
    면, 宋나라 欽宗皇帝가 金나라 군사가 쳐들어오면 성문을 닫고 자주 구언하는
    조서를 내렸지만, 일이 조금 완화되면 암암리에 言者를 억눌렀는데, 당시에 이를
    조롱한 "성문이 닫히면 언로가 열리고, 성문이 열리면 언로가 닫힌다.(城門閉言
    路開, 城門開言路閉。)"라는 속담에서 나온 말.
21) 諫臣(간신) : 임금에게 옳은 말로 간하는 신하.
22) 筵臣(연신) : 經筵에 관계하던 벼슬아치.

臣之賤疾, 一向沈綿, 精神昏憒, 全不省外事, 而竊不任區區憂國之
誠, 冒陳所懷, 唯明主裁之。取進止23)。

◎ 이 상소문의 일부가 ≪인조실록≫ 1636년 2월 26일조 2번째 기사에 포함되어 있다.

---

23) 取進止(취진지) : 임금에게 올리는 글 마지막에 넣는 상투어. 取는 임금의 결정을
　　나타내는 말이다. 取進止는 임금이 이 글의 옳은 점과 그른 점을 헤아려서 받아
　　들일 것과 물리칠 것을 골라 택하라는 의미이다. 곧, '裁決하다'는 뜻이다.

용골대가 가지고 온 문서로 고민하다

≪인조실록≫ 1636년 2월 24일조 1번째 기사

금(金)의 차인(差人) 용골대(龍骨大) 등이 서울에 들어왔다. 구관소(句管所)의 제관(諸官)이 들어가 금의 차인을 만나 보았다. 금의 차인이 한(汗)의 글 3장을 내어 보였는데, 한 장은 춘신사(春信使)의 문안에 관한 글이었고 한 장은 국상의 조위(吊慰)에 관한 글이었으며, 한 장은 제를 올릴 때 쓸 물품의 목록이었다. 또 두 개의 봉서(封書)가 있었는데, 한 봉투에는 금국집정팔대신(金國執政八大臣)이라고 썼고, 한 봉투에는 금국외번몽고(金國外藩蒙古)라고 썼으며, 뒷면에는 모두 봉서조선국왕(奉書朝鮮國王)이라고 쓰여 있었다.

제관이 이것이 누구의 글이냐고 묻자, 답하기를 "팔고산(八高山) 및 몽고의 여러 왕자의 글이다." 하였다. 제관이 말하기를, "인신(人臣)의 처지로 다른 나라 임금에게 글을 보내는 규례는 없다. 이웃 나라 군신 간에도 일체 서로 공경하는데 어찌 감히 대등한 예로 글을 보낸단 말인가." 하면서 물리치고 보지 않았다. 그러니 용호 등이 얼굴빛을 바꾸며 말하기를, "우리 한(汗)께서는 정토하면 반드시 이기므로 그 공업이 높고 높다. 이에 안으로는 팔고산과 밖으로는 제번(諸藩)의 왕자들이 모두 황제 자리에 오르기를 원하자, 우리 한께서 '조선과는 형제의 나라가 되었으니 의논하지 않을 수 없다.'고 말하였으므로 각각 차인을 보내어 글을 받들고 온 것이다. 그런데 어찌 받지 않을 수 있는가." 하고, 서달(西韃)이 일시에 한목소리로 말하기를, "명나라가 덕을 잃어 북경만을 차지하고 있다. 우리들은 금나라에 귀순하여 부귀를 누릴 것이다. 귀국이 금나라와 의를 맺어 형제국이 되었다는 말을 듣고는 금한(金汗)이 황제 자리에 오른다는 말을 들으면 반드시 기뻐할 것이라고 여겼었다. 그런데 이처럼 굳게 거절하는 것은 어째서인가?" 하였다. 이에 제관이 군신간의 대의(大義)로써 물리치자, 용호가 성이 나서 고산 등의 봉서를 도로 가져가며 말하기를, "내일 돌아가겠다. 말을 주면 타고 갈 것이고 주지 않으면 걸어서 가겠다." 하였다.

이때 조정에선 한창 회답할 일에 대해 의논 중이었다. 대사간 정온(鄭蘊)이 상소하였다.

「금의 차인이 청한 것은 참으로 매우 놀랍고 통탄스러운 말입니다. 대의가 있는 것이 청천백일과 같아서 삼척동자에게 물어보아도 반드시 말할 수 있을 것입니다. 그런데 더구나 비국(備局) 여러 신하들의 의논이겠으며 성상(聖上)의 영특하신 결단이겠습니까. 그러나 물음에 답하고 서신에 답할 즈음에 준절한 뜻을 보이지 못하고 혹시라도 우물쭈물하며 구차한 말을 하면 저들은 반드시 이를 구실로 삼아 말하기를 '조선도 안 된다고는 하지 않았다.'고 할 것이니, 한번 말을 잘못하면 모든 일이 잘못될 것입니다. 서달의 경우는 당초 중국을 배반했으니, 이는 부모의 원수입니다. 비록 관문을 닫고 배척하여 끊지는 못하더라도 마땅히 종호(從胡)의 예로 대우해서 반역자는 동맹국 신사(信使)의 반열에 끼워 줄 수 없다는 것을 분명히 밝혀야 합니다. 그러면 저들이 비록 겉으로는 성내는 빛을 보이더라도 마음속으로는 반드시 의롭게 여길 것입니다.

수신(帥臣)이 직책을 잘 이행하는지의 여부에 대해서는 신이 감히 알 바가 아닙니다마는, 그 직책을 맡겼으면 마땅히 그에 대한 효과가 있도록 책임 지워야 할 것입니다. 그런데 산릉(山陵)의 역사를 감독하는 데 어찌 다른 사람이 없기에 아직도 내려 보내지 않습니까?【이때 김자점이 산릉 제조로 능소(陵所)에 있었기 때문에 한 말이다.】

그리고 체부(體府)의 설치는 그 유래가 오래되었습니다. 지금 변방의 흔단(釁端)이 이미 생겼는데, 어찌하여 시임(時任)과 원임(原任) 중에서 군사의 일을 조금 아는 자로 한 사람을 가려서 체부를 열고 그 일을 위임시키지 않으십니까?」

이에, 상이 가납(嘉納)하였다.

—국사편찬위원회, 조선왕조실록 사이트에서

병자년 상소, 그 둘째

丙子封事 第二

병자년 상소, 그 둘째
丙子封事 第二

삼가 아뢰옵니다.

신(臣)은 5개월 동안이나 병구완하다가 겨우 한번 입시(入侍)하여 주상을 뵈오니, 옹졸하고 어리석은 생각에 말씀드리려고 한 것이 매우 많았습니다. 하지만 신은 본디 말로 아뢰는 것에 서툰데다가 큰 병을 앓고 난 뒤라 정신도 흐릿해져 10가지 중에 서너 가지도 제대로 할 수가 없었으나, 아뢴 말씀이 단 한 가지도 윤허 받지 못했으니 진실로 아뢰었던 말씀이 쓸모가 없었음을 알았지만 그래도 마음에 개탄스러운 생각이 없지 않았사옵니다. 서쪽 변방의 일 같은 경우만은 삼가 살피건대, 주상의 뜻이 신(臣)의 아뢰었던 말씀을 망령되다고 여기시지는 않은 듯했습니다만 끝내 채택해 시행하는 실효가 없으니, 이는 나라의 안위와 관계된 대계(大計)인 만큼 이대로 그만둘 수가 없는 것이옵니다.

요즈음 대각(臺閣)에서 사람들마다 모두 척화를 주장하나 유독 간원(諫院 : 대사간 윤황을 지칭)의 차자(箚子 : 사실만 간략히 기록한 상소문) 하나만은 논하는 말이 매우 정당하고 방법과 계략도 채택할 만하니, 한갓 중론(衆論)을 좇아 줏대 없이 동조하는 부류에 견줄 것이 아닌 듯했습니다. 진실로 묘당(廟堂 : 조정)의 뜻이 오로지 화친을 끊는 데에 있다면, 임금의 물음에 대하여 신하들이 심의하여 대답하는 회계(回啓)의 말이 하나같이 어찌 어정쩡하게 두둔하면서 끝내 한마디의 말도 한 가지의 계책도 시행되지 않는단 말입니까? 이는 원래 정해놓은 계책도 없이 다만 이리저리 둘러대는 계책에 지나지 않을 뿐입니다.

대체로 간원이 말한 의견을 받아들여 싸우거나 지키거나 하는 계책으로 결정하지도 않았을 뿐만 아니라 신의 말을 받아들여 병화(兵禍)를 늦추는 계책으로 삼지도 않고 있으니, 하루아침에 오랑캐의 기병들이 휘몰아 깊숙이 쳐들어오면 체신(體臣 : 체찰사)은 강화도로 들어가 지키고 수신(水臣 : 수군절도사)은 정방산성(正方山城 : 황해도에 있음)에 물러가 있을 수밖에 없을 것이옵니다. 청천강(淸川江) 이북의 여러 고을들을 진실로 장차 오랑캐에게 맡기다시피 던져주면 안주성(安州城) 한 곳만 형편상 필시 홀로 온전할 수 없으리니, 생령(生靈 : 살아 있는 백성)은 어육이 될 것이고 종묘사직도 파천(播遷)하게 될 것이옵니다. 이런 지경에 이르면 그 허물은 장차 누가 떠맡겠습니까?

신의 어리석은 생각으로는, 대가(大駕)가 진주(進駐)하는 것은 경솔히 의논할 수 없지만, 체신과 수신이 모두 당연히 평안도(平安道)에다 막부(幕府 : 군사를 지휘하는 군막)를 개설하고 병사(兵使)도 의주(義州)에 의당 들어가 있으면서 장수들에게 '진격만 있을 뿐 퇴각은 없다'는 것을 약속하여야만 비로소 싸우고 지키는 것의 떳떳한 도리에 부합할 것입니다. 그리고 심양(瀋陽)에 서찰을 보내어 군신간의 대의를 갖추어 진달하고, 이어 추신사(秋信使)를 들여보내지 못한 이유를 말하면서 한편으로는 오랑캐의 형편을 탐지하고 또 한편으로는 저들이 답하는 것을 살펴보아야 합니다. 저들이 만약에 별다른 마음이 없고 형제의 예를 그대로 쓰면, 호씨(胡氏 : 宋나라 胡安國)가 논한 '우선 예전의 맹약을 지키며 안으로 정사를 제대로 닦는다.'에 의거하여 후일을 도모하고, 석진(石晉 : 後晉의 石敬瑭)이 거란에게 신하를 자청했던 전철을 밟지 않도록 힘써야 할 것입니다. 만일 그렇게 하지 않는다면 용만(龍灣 : 의주의 별칭)을 굳게 지키는 것인데, 성을 등지고 한바탕 싸워 압록강 가에서 나라의 안위를 결정짓는 것이 비록 혹간 계획이 완전하지 못하더라도 손을 묶어두고 망하기만을 기다리는 것보다는 더 나을 것입니다.

이를 놓아두고 도모하지 않으면서 언제나 어정쩡하기만 한다면, 나아가 싸우자고 말하려고 하니 의심하고 두려워하는 생각이 없지 않고, 기미(羈縻)할 계책을 말하려고 하니 또 비방의 소리를 들을까 두려워하여, 전자도 후자도 하지 못한 채 벼슬길에 나아가고 물러나는데 근거가 없게 된 것입니다. 강물이 장차 얼어붙으면 병화가 눈앞에 닥칠 것이고, 소위 '너희들의 의론이 정해지기를 기다리다가는 우리들은 이미 하수(河水)를 건넜을 것이다.'라고 한 말은 불행히도 오늘날에 가까우니, 신은 삼가 통탄하게 여깁니다. 지금 비록 이미 늦기는 하였지만 그래도 해볼 만합니다.

삼가 바라건대 전하께서는 신이 올린 이번 차자(箚子)를 묘당에 내리시어 혹 이전과 같이 묻어두지 마시되, 제때에 속히 의논하고 아뢰도록 하여 훗날에 후회하는 일이 없게 하시면 매우 다행이겠습니다. 재결(裁決 : 옳고 그름을 가려 결정함)하여 주소서.

丙子封事[第二]

伏以臣五朔經營,[1] 僅一入侍,[2] 區區[3]愚悃,[4] 所欲陳者甚多。而臣素拙於口談, 加以大病之餘, 神志昏憒,[5] 不能十擧三四, 而所陳之言, 亦無一事獲蒙頷可,[6] 固知言不足用, 然不能無慨然于中也。至如西事[7]一款, 竊覸天意, 似若不以臣言爲妄, 而竟無採施之實, 此係安危大計, 不容但已。

近日臺閣[8]之上, 人人皆言斥和, 獨諫院[9]一箚,[10] 言論甚正, 方略可

---

1) 經營(경영) : 1635년 11월 24일 호조판서가 되었다가 1636년 4월 29일 병조판서에, 8월 7일에 예조판서에 제수되었으나 모두 병으로 사직하였고, 가을이 되어서야 漢城府判尹에 나아갔으므로, '병구완하다'는 의미임.
2) 入侍(입시) : 대궐에 들어가서 임금을 뵙던 일. 1636년 9월 5일에 이 봉사를 올리기 하루 전인 9월 4일에 최명길이 입시하여 "다만 노추가 먼저 우리나라가 반간을 하지 않나 하고 의심할까 두렵습니다." 또 "국사는 착실하게 하지 않을 수 없습니다. 10년을 지탱하여 보전한 것은 대개 화친한 데서 나온 것입니다. 정묘년 변란 초에는 모두 和議를 나쁘다고 하였으나 강화를 맺고 난 후에는 모두 편하게 여겼습니다." 또 "稱臣할 필요는 없고 다만 그들과 더불어 지난날처럼 형제의 나라로 칭하고 서로 화친을 끊지 않는 것이 타당합니다."고 아뢴 것을 일컫는다.
3) 區區(구구) : 떳떳하지 못하고 졸렬함.
4) 愚悃(우곤) : 자기의 정성을 겸손하게 이르는 말.
5) 昏憒(혼궤) : 정신이 흐릿해져 주위에서 벌어지는 일들을 분간하지 못하는 것.
6) 頷可(함가) : 고개를 끄덕인다는 뜻으로, 윤허하다는 의미.
7) 西事(서사) : 서쪽 변방의 일. 곧 청나라와 관련된 일을 일컫는다.

採, 似非隨衆和附之比。誠使廟堂之意專在於絶和, 則回啓之辭, 一何
朦朧回護,[11] 遂無一言一策之見施? 此不過元無定算, 特爲遷就之[12]計
者耳。

夫旣不能用諫院之論, 以決戰守之計, 又不能用臣之言, 以爲緩禍之
謀, 一朝虜騎長驅, 不過體臣[13]入守江都, 帥臣退處正方[14]。清北列邑,
固將委以與賊, 安州[15]一城, 勢必不能獨全, 生靈[16]魚肉,[17] 宗社播
越[18]。到此地頭, 咎將誰任?

臣之愚意, 大駕進駐, 雖不可輕議, 體臣·帥臣皆當開府於平安道,
兵使亦宜入處於義州,[19] 約束諸將, 有進無退, 方合於戰守之常道。且

---

8) 臺閣(대각) : 사헌부와 사간원을 통틀어 이르던 말. 여기에 홍문관 또는 규장각을
더하기도 한다.
9) 諫院(간원) : 大司諫 尹煌을 가리킴. ≪인조실록≫ 1636년 8월 20일조 2번째 기사
가 참고 되는데, 이를 참고자료로 첨부한다.
10) 箚(차) : 箚子. 일정한 격식을 갖추지 않고 사실만을 간략히 적어 올리던 상소문.
11) 回護(회호) : 덮어서 지켜준다는 뜻으로, 두둔하다는 의미.
12) 爲遷就之(위천취지) : 賈誼가 지은 <治安策>의 "大臣을 중히 여기는 까닭에 그에
게 분명히 죄가 있어도 그 罪狀을 직접 가리켜 말하지 않고 둘러대어 말함으로
써 이를 덮어 준다.(故貴大臣定有其辜矣, 猶未斥然正以譴之也, 尙遷就而爲之諱也.)"
에서 나온 말.
13) 體臣(체신) : 體察使의 직임을 가진 신하.
14) 正方(정방) : 정방산성. 황해도 봉산군 정방리에 있는 산성이다. 한반도 서부의 남
북을 이어주는 주요한 교통로를 지키는 천혜의 요충지인 산성으로 고려시기에
처음 축조되었다. 이후 1633년에 당시 도원수 金自點의 지휘 아래 개축하였다.
15) 安州(안주) : 평안남도 안주군에 있는 읍. 청천강에 면한 수륙 교통의 중심지로
농산물의 집산지이며, 탄광으로도 유명하다.
16) 生靈(생령) : 살아 있는 백성.
17) 魚肉(어육) : 짓밟고 으깨어 아주 결딴낸 상태를 비유적으로 이르는 말.
18) 播越(파월) : 播遷. 임금이 도성을 떠나 다른 곳으로 피란하던 일.

移書瀋陽,20) 備陳君臣大義, 仍言秋信21)不入送之由, 一以探虜情形,
一以觀彼所答。彼若別無他心, 仍用兄弟之禮, 則依胡氏所論,22) 姑守
前約, 內修政事, 以爲後圖, 務反石晉23)之前轍24)。 如其不然, 則固守

---

19) 義州(의주) : 평안북도에 있는 지명. 압록강 가에 위치한다.
20) 瀋陽(심양) : 중국 遼寧省의 省都. 청나라 초기의 수도였다.
21) 秋信(추신) : 秋信使.
22) ≪資治通鑑綱目≫ 권57 中, <晉·天福 8년·春二月, 晉聞遼將入攻, 遂還東京>의
   "그가 처리한 일을 가지고 논한다면 경연광이 후진을 멸망하게 한 죄는 용서받
   을 수 없는 것이라고 하겠지만, 그가 지닌 마음을 가지고 논한다면 후진의 입장
   에서 오랑캐를 아버지로 섬기는 것에 대해 중외의 인심이 모두 편하게 여기지
   않고 있었기 때문에 개연히 일어나서 한번 말끔하게 씻어 보려고 한 것이다. 그
   런데 깊이 생각하지 않고 경솔하게 우호 관계를 단절함으로써 자연히 흔단이 생
   기게 하고 말았다. 조정의 대신들이 그 계책에 동의하지 않고 장수들이 다른 뜻
   을 지니고 있는 가운데, 임금의 덕은 치졸하기만 하고 백성의 힘은 고갈된 상태
   에서 그만 오랑캐와 싸우려고 하였으니 어떻게 그 끝을 좋게 마칠 수 있었겠는
   가. 좁은 마음과 천박한 계책을 지니고서 하루아침의 분노를 참지 못한 나머지
   자기 몸을 망친 것은 물론 그 화가 임금에게까지 미치게 하였다. 아, 가령 경연
   광이 '도리상 타당하다고 생각되거든 행동을 하되, 오직 때를 살펴서 행동으로
   옮겨야 한다.'는 의리를 알고서, 우선 예전의 맹약을 지키며 안으로 정사를 제대
   로 닦았던들 3, 4년이 지나지 않아서 북쪽 오랑캐에게 뜻을 펼 수 있었을 것이
   다.(胡文定公曰 : 卽事而論, 延廣亡晉之罪, 無可贖者, 卽情而論, 則以晉父事虜, 中外
   人心, 皆不能平, 故慨然欲一灑之. 而不思輕背信好, 自生釁端. 公卿不同謀, 將帥有異
   意, 君德荒穢. 民力困竭, 乃與虜鬪, 何能善終? 狹中淺謀, 一朝之忿, 亡其身以及其君.
   嗟夫! 使延廣知慮善以動, 動惟厥時之義, 姑守前約, 而內修政事, 不越三四年, 可以得
   志於北狄矣.)"에서 인용함. 이는 胡安國(1074~1138)이 한 말이다. 그는 중국 宋나
   라의 유학자로 자는 康侯, 시호는 文定이다.
23) 石晉(석진) : 石敬瑭(892~942)을 가리킴. 중국 五代 後晉의 건국자(재위 936~942).
   후당 최고의 세력가로 명종의 후계자와 반목이 생기자 거란에 신하를 자청하고
   세공을 바쳐 그 원조로 반란을 일으켰다. 즉위 뒤 굴종 외교를 취하면서 주로 국
   내 통일에 주력하고 집권화를 도모했다.
24) ≪資治通鑑綱目≫ 권57 下, <後晉·高祖石敬瑭·天福원년·十一月, 契丹立石敬瑭
   爲晉皇帝, 敬瑭割幽薊等十六州以賂之>의 "석경당이 눈앞의 이익에 급급한 나머지

龍灣,25) 背城一戰, 決安危於邊上, 雖或計非萬全, 猶愈於束手待亡。

捨此不圖, 一向媕婀,26) 欲言進戰, 不無疑懼之念, 欲言羈縻,27) 又恐謗議之來, 彼此不及, 進退無據。江氷將合, 禍迫目前, 所謂'待汝議論定時, 我已渡江者.'28) 不幸而近之矣, 臣竊痛焉。今雖已晩, 猶或可爲。

伏乞殿下, 下臣此箚于廟堂, 無或如前掩置,29) 趁速議覆,30) 俾無日後之悔幸甚。取進止31)。

○ 이 상소문의 많은 부분이 《인조실록》 1636년 9월 5일조 1번째 기사에 포함되어 있다.

거란에게 신하라고 일컫고 땅을 떼어 주면서 아버지로 섬겼으나 그 이익이라는 것은 두 세대를 채 넘기지 못하였고 그 피해는 그야말로 무궁하게 이어졌다. 그러므로 공리로만 나라를 도모하고 예의에 근본을 두지 않을 때에는 그 재앙을 곧바로 받지 않는 경우가 없다고 할 것이다.(胡文定公曰 : 敬瑭急於近利, 稱臣契丹, 割棄土壤, 以父事之, 其利不能以再世, 其害乃及於無窮. 故以功利謀國而不本禮義, 未有不旋中其禍者也.)"는 내용을 염두에 둔 표현.

25) 龍灣(용만) : 의주의 별칭.
26) 媕婀(암아) : 머뭇거리고 결정하지 않음.
27) 羈縻(기미) : 굴레와 고삐라는 뜻으로, 속박하거나 견제함을 비유적으로 이르는 말. 여기서는 1627년 정묘호란 때 맺은 형제의 맹약으로 묶어놓는 것을 말한다.
28) 靖康 원년에 여진의 鐵騎兵이 송나라 사신에게 했다는 말로 "待汝家議論定時, 我已渡河矣."에서 나온 말. 靖康은 송나라 欽宗의 연호(1126~1127)이다.
29) 掩置(엄치) : 상소문을 처리하지 않고 덮어둠.
30) 議覆(의복) : 의논하여 다시 주달함.
31) 取進止(취진지) : 임금에게 올리는 글 마지막에 넣는 상투어. 取는 임금의 결정을 나타내는 말이다. 取進止는 임금이 이 글의 옳은 점과 그른 점을 헤아려서 받아들일 것과 물리칠 것을 골라 택하라는 의미이다. 곧, '裁決하다'는 뜻이다.

금나라에 격문을 보내다
≪인조실록≫ 1636년 6월 17일조 2번째 기사

금(金)나라 한(汗)의 글에 답하여 만상(灣上)에 보내면서 격(檄)으로 칭했는데, 그 글은 이렇다.

「두 나라가 화친한 지 이제 10년이 되었으니, 실로 생민(生民)들이 복(福)을 맞이한 것이요, 하늘이 도움을 내려준 것입니다. 그런데 지금 뜻하지 않게 사단(事端)이 갑자기 생겨나 꾸짖는 말이 크게 닥치니 아, 불행함이 심합니다. 사신이 비록 국서를 전하지는 않았으나, 입으로 말하면서 모든 뜻을 다 말하였습니다. 의견이 다를 경우에는 다른 말을 할 겨를이 없고 생각한 바가 있으면 또한 잠자코 있기도 어려운 법입니다. 이에 곧바로 정성을 다하여 맹약(盟約)이 깨지게 된 원인이 우리나라에 있는 것이 아님을 밝히는바, 말이 박절하고 바름을 괴이하게 여기지 마시기 바랍니다.

귀국(貴國)의 군사는 날쌔고 용감하여 싸우면 이기고 공략하면 차지해서 이제 또 삽한(揷漢)을 복속시켰고 사막(沙漠)에까지 땅이 뻗쳤으니, 웅장하고 강한 형세는 당연히 자부할 만하여 두렵거나 꺼릴 바가 없을 것입니다. 더구나 우리나라는 궁벽한 바다 모퉁이에 처하여 농사를 짓고 누에를 길러 스스로 봉양하며 예(禮)와 의(義)를 지키면서 스스로 보존하고 있을 뿐, 병갑(兵甲)과 전투는 본래 익힌 것이 아닌데, 무슨 이길 만한 형세가 있어서 귀국을 능멸하고 스스로 맹약을 깨겠습니까. 귀국이 우리나라에 책망하는 것은 대략 세 가지인데, 첫째는 한인(漢人)에 관한 일이고, 둘째는 변민(邊民)에 관한 일이고, 셋째는 참소(讒訴)에 관한 말입니다.

우리나라가 중국 조정을 신하로서 섬기고 한인을 공경스럽게 대하는 것은 곧 예(禮)에 있어서 당연한 것입니다. 무릇 한인이 하는 바를 우리가 어떻게 호령으로 금단(禁斷)할 수 있겠습니까. 화친을 약속한 처음에 우리나라가 중국 조정을 배신하지 않는다는 것을 첫 번째 조건으로 삼았는데, 귀국이 조선이 명나라를 배신하지 않는 것은 좋은 뜻이라고 여겨 마침내 교린(交隣)의 약속을 정한 것으로, 이는 하늘이 내려다보고 있는 바입니다. 그런데 요즘 명나라를 향하고 한인을 접하는 것을 가지고 우리를 책(責)하고 있으니, 이것이 어찌 화친을 약속한 본래의 뜻이겠습니까. 신하로서 임금에 향하는 것은 천지가 다할 때까지 고금을 통하는 큰 의리인데, 이것을 죄라고 한다면 우리나라가 어떻게 기꺼이 듣고 순순히 받아들이겠습니까.

우리나라의 정령(政令)이 엄하지 못하여 변방의 백성들이 금법(禁法)을 범했으니, 이는 과인(過人)의 잘못입니다. 그러나 전후(前後)로

법을 범한 자는 그 즉시 형륙(刑戮)을 행했으며, 귀국이 꾸짖어 올 때는 늘 겸손히 사과했습니다. 이것이 어찌 우리나라가 고의로 옳지 않은 짓을 한 것이겠습니까. 호화(好貨)를 숨기고 상고(商賈)를 죽이며 강홍립(姜弘立)을 죽이고 사신을 홀대하였다는 등의 말에 이르러서는, 모두 간사한 자들이 꾸며댄 데서 나온 것입니다. 귀국이 비록 번번이 이에 대한 말이 있더라도 우리나라는 이런 일이 없으니 과인에게 무슨 부끄러움이 있겠습니까.

귀국이 이미 호의(好意)로 서로 대하고 있는 터인데도 이 세 가지에 대해 용서하지 않고 살피지 않고 있습니다. 이에 이미 약속하여 형제국이 되었는데도 서사(書辭)에 일컬은 꾸짖고 욕하는 말이 전날에 서로 공경하던 체모(體貌)가 전혀 아니니, 사신이 감히 그 글을 싸 가지고 돌아오지 못한 것은 참으로 마땅한 일입니다. 저 삽한 왕자(揷漢王子)는 바로 망한 나라의 포로이니 참으로 귀국의 왕자에 비할 것이 아닙니다. 그런데 접때 무단히 대등한 예로 통서(通書)하면서 문서의 체재도 대등하게 하여, 여국(與國)의 한(汗)과 똑같은 체모로 우리나라와 사귀려 했으니, 우리나라가 어찌 마음 편히 그 글을 받을 수 있겠습니까. 그리고 전한 말에 있어서는 참으로 우리나라가 감히 들을 수 없는 것이었습니다. 그러니 객관(客館)의 신하가 글을 받지 않은 것 역시 감히 스스로 자기 임금을 낮출 수 없어서였을 것입니다. 그리고 과인이 귀국의 사신이 전하는 말을 듣고 즉시 회답한 국서 속에 이것을 제외하고 다시 어떤 말로 왕복할 수 있겠습니까. 우리나라는 전대(前代)부터 중국 조정을 섬겨 동번(東藩)이라 칭하면서 일찍이 강약(强弱)과 성패(成敗)를 가지고 신하의 절개를 바꾼 적이 없습니다. 우리나라가 본디 예의를 스스로 지킨다고 일컫게 된 것은 오로지 여기에서 말미암은 것입니다. 지금 명나라는 곧 2백여 년간 중국을 통일해 다스려온 주인인데 우리나라가 어떻게 한번 요동(遼東)과 심양(瀋陽) 한쪽 땅을 잃었다 하여 문득 다른 마음을 품고서 귀국이 하는 바대로 따를 수 있겠습니까.

또 한마디 말할 것이 있습니다. 중국 조정은 우리나라에 대해 지존(至尊)입니다. 그러나 특수한 예로 대우하여 사명(辭命)의 사이에 일찍이 설만(褻慢)한 말과 준절(峻節)한 나무람을 쓰지 않았고, 우리나라가 공헌(貢獻)을 지극히 박하게 해도 중국 조정에서는 매우 후하게 하사하였습니다. 이것은 요동과 심양 사람들이 환하게 아는 바인데, 어찌하여 귀국은 이웃으로 화친하기를 약속하고도 번번이 깔보고 업신여기며 꾸짖고 욕합니까. 그리고 금번에 신사(信使)가 갔을 적에는 비례(非禮)로써 겁주고 온갖 곤욕(困辱)을 보였으니, 이것이 과연 이웃 나라 사신을 대우하는 예입니까? 귀국의 사신이 와서는 우리 신료(臣僚)들에게 욕을 하면서 예로 공경하는 뜻이 전혀 없었고, 강매(强賣)하면서 마구 빼앗기를 끝이 없이 하였습니다. 당초 맹약을 맺은 것은 본래 국경을 보전하고 백성을 편안히 하고자 한 것인데, 지금은 백성에게는 남은 힘이 없고 시장에는 남은 재화(財貨)가 없어 연로(沿路)의 고을은 곳곳마다 텅 비어 있습니다. 이와 같이 하기를 마지않는다면 병화(兵禍)를 받아 망한 것과 똑같을 뿐입니다. 이로 말미암아 나라 사람들이 모두 분발하여 화친을 잘못이라고 여기고 있습니다. 과인이 처음의 마음을 변치 못하는 것은 하늘에 맹서한 맹약을 먼저 저버릴 수 없고, 이웃 나라와 사귀는 의리를 먼저 상실할 수 없기 때문입니다. 그런데 귀국은 도리어 우리가 먼저 맹약을 깨뜨리려 한다고 하고 있으니, 어찌 이런 이치가 있겠습니까.

우리나라는 의지할 만한 군사가 없고 충분한 재물이 없으나, 강조하는 것은 대의이고 믿는 것은 하늘뿐입니다. 옛날 왜구가 우리나라에 길을 빌려 중국을 범하고자 했으나, 우리나라가 의리로써 배척하고 끊어버렸습니다. 이는 전쟁을 일으킨 단서가 우리에게서 비롯된 것이 아닙니다. 그런데 왜구는 우리나라 8도를 함락하고 우리 백성을 잔멸(殘滅)하는 것으로 스스로의 계책을 얻었다고 여겼습니다. 얼마 뒤에 수길(秀吉)이 죽자 그 뒤로 자중지란이 일어나 죽은 시체가 산처럼 쌓였고 흐르는 피가 냇물을 이루었는데, 머리가 떨어져 죽은 자들은 모두 전날에 우리에게 독기를 부렸던 장사들이었습니다. 지금은 원씨(源氏)가 평씨(平氏)를 축출하여 멸망시키고 우리나라와 통호한 지 30년이 되었는데, 나라가 부(富)하고 백성이 성(盛)한 것이 평수길(平秀吉)의 시대보다 배나 됩니다. 천도(天道)가 전쟁을 싫어하며 선을 돕고 악을 벌한다는 것이, 이것이 그 분명한 증거가 아니겠습니까.

지난번에 귀국이 우리 서로(西路)를 침략해 왔으나 병세(兵勢)를 끝까지 부리지 않고 맹약을 맺고 물러갔으니, 그것은 천도에 순종한 것입니다. 그런데 지금은 우리를 곤욕스럽게 하고 우리에게 반드시 따르지 못할 일로써 억지를 부리면서 병력이 강하다는 이유만으로 형제지국을 협박하면서 우리나라가 먼저 전쟁의 꼬투리를 열었다고 말하기까지 하고 있습니다. 이것은 말로 다툴 수 없는 것이며, 역시 하늘이 우리를 내려다보고 있는 것을 믿을 따름입니다. 그리고 천심이 매인 바는 실로 백성에게 있는 것이니, 설사 우리나라가 의를 지키다가 병화를 입어 그 병화가 비록 참혹하더라도 원래 그 임금의 죄가 아니면, 민심은 반드시 떠나지 않고 국명(國命)도 혹 보전할 수 있는 것입니다. 지금 귀국이 공갈 협박을 하면서 요구와 책망을 해서 백성의 재산을 모두 긁어가 백성들로 하여금 살아갈 수 없게 만든다면, 민심이 반드시 떠나가고 나라가 따라서 무너질 것입니다. 이는 바로 눈으로 보고 귀로 접한 것으로 어둡지도 민멸하지도 않을 도리로서, 서생(書生) 소자(小子)가 간책(簡冊) 위에서 주워온 말에 있는 것이 아닙니다. 그러니 과인이 이것에 대하여 또 어찌 적실하게 알고 분명하게 처리하지 않을 수 있겠습니까. 귀국이 널리 생각하고 깊이 생각하면 매우 다행이겠습니다.」

비국(備局)이 격서의 첫머리 말에 청국(清國)이란 국호를 쓰지 말자고 청했는데, 그 뒤에 마침내 그들이 일컫는 바에 따라 청국이라고 써서 보냈다.

__국사편찬위원회, 조선왕조실록 사이트에서

부총 백등용을 인정전에서 접견하고 오랑캐의 정탐을 권하다

≪인조실록≫ 1636년 7월 28일조 1번째 기사

백등용(白登庸) 부총(副摠)이 찾아와서 사례하였다. 상이 인정전(仁政殿)으로 나가 접견하였다. 부총이 먼저 종자(從者)를 물리치고, 이어 상에게 좌우를 물리치도록 청하고는 은밀히 말하였다.

"불행히 오랑캐가 천명을 거스르고 제멋대로 흉악한 짓을 하여, 귀국에 해를 끼치고 생령(生靈)을 해쳤으니, 참으로 몹시 원통한 일이오. 이번에 진 도독(陳都督)이 제일 먼저 대책(大策)을 세워 요(遼)·광(廣)을 평정할 것을 의논하고, 출사(出師)하던 날 융무(戎務)에 대한 일을 직접 주달하였는데, 모두 윤허를 얻었소이다. 귀국이 정말로 등주(登州)의 공로(貢路)를 다시 통하고자 하면 도독에게 자문을 보내어 황상(皇上)께 전달하게 하면 반드시 허락을 받을 것이오. 다만 오랑캐의 정황을 염탐하여 알아내기는 쉽지 않은 것이니, 귀국이 근래에 화의(和議)를 배척하기는 하였으나 기미하는 즈음에 혹시라도 적정(賊情)을 탐색할 수 있는 길이 있으면 기회를 살펴 은밀히 독부(督府)에 알려 준다면 그 은혜가 클 것이오."

상이 답하기를, "지난번 본국의 차인(差人)이 마침 도적이 참호(僭號)하던 날을 당하여 죽음으로 스스로 지키고 하례의 반열에 불참하자 도적이 노하여 차인을 축출하였소. 이로부터 화의는 이미 단절되었으니 정탐하는 일은 참으로 쉽지 않소. 그러나 시일을 기한하지 않는다면 마땅히 서서히 주선하겠소이다." 하였다.

— 국사편찬위원회, 조선왕조실록 사이트에서

대사간 윤황 등이 군역과 군대의 기강 등에 관하여 글을 올리다
≪인조실록≫ 1636년 8월 20일조 2번째 기사

대사간 윤황(尹煌)이 동료를 거느리고 차자(箚子)를 올리니, 그 차자는 이렇다.

「지금 구획(區劃)하고 시행할 방법은 참으로 한두 가지가 아니나 우선 족식(足食), 족병(足兵), 임장(任將)의 방법을 들어서 재택(裁擇)하시기를 바라나이다.

군역(軍役)의 고통이 사민(四民)들에게는 제일 심하여, 마치 구덩이 속에 파묻혀 죽는 것처럼 생각해 죽기를 한하고 모면하려고 하므로 10호가 살고 있는 촌락에 군(軍)으로 정하여진 자는 겨우 1, 2명에 지나지 않고 그 나머지는 모두 여러 가지 탈을 대어 빠졌으니, 사족(士族)·품관(品官)·유생·충의(忠義)·공장(工匠)·상고(商賈)·내노(內奴)·사노(寺奴)요, 그 밖에도 서리(書吏)·생도(生徒)·응사(鷹師)·제원(諸員)·악생(樂生) 등 이루다 기록할 수 없습니다. 더구나 양민(良民)이 역(役)을 피해 승려가 되는 자가 10 중 6, 7명이니, 병사의 수가 어찌 적지 않을 수 있으며 국력이 어찌 약하지 않을 수 있겠습니까.

전하께서 참으로 측은한 말씀으로 중외(中外)에 효유(曉諭)하시기를 '만일 이 도적을 막아내지 못한다면 나라는 망하고 말 것이다. 그렇게 되면 경대부(卿大夫)는 어떻게 집안을 보전하며 사서인(士庶人)은 어떻게 몸을 보전하겠는가? 똑같이 망하고 죽을 뿐이다. 신민(臣民)과 합심 협력하여 이 도적에게 대항하여 죽음 속에서 살 길을 찾아낼 계책을 모색하고자 한다.' 하시고, 전하께서 먼저 궁액(宮掖)과 근신(近臣) 중에서 젊고 건장한 자를 일으키고, 다음으로 종실(宗室)과 백관(百官) 중에서 재주가 뛰어난 자를 일으키고, 그 다음에 유생·서리·시민·공사천(公私賤)을 차례로 일으키면 도성 안에서 수만 명을 얻을 수 있을 것입니다. 전하께서 궁문(宮門)에 납시어 몸소 활과 칼을 잡고서 사민(士民)을 창도(倡導)하시고, 번(番)을 나누어 재주를 시험하고 상벌을 분명히 하시면, 수개월도 되지 않아 성숙한 인재를 얻을 수 있을 것입니다. 사방의 병사 선발도 이 방법을 써서 먼저 부유하고 세도 있는 사람을 일으킨 뒤에 힘없는 백성에게 미치면 온 나라 백성이 모두 감동하여 따를 것이니, 누가 감히 원망하는 마음을 가지며, 누가 감히 법망을 피할 생각을 가지겠습니까. 이와 같이 하면 10수만 명의 정병(精兵)은 어렵지 않게 얻을 수 있을 것입니다.

외방(外方)의 요역(徭役)이 너무 무거워서 10부(負)에 베 1필을 내고, 1결(結)에 10필을 낸다 하니, 민간이 내는 것을 기준하여 계산

하면 국가의 재용(財用)이 크게 여유가 있을 터인데, 어찌하여 내외가 탕진하여 수개월의 비축도 없습니까? 대개 우리나라 전부(田賦)가 조세(租稅)는 가벼운데 공물(貢物)이 무겁고, 기타 잡역(雜役)이 또 공물보다 더 무겁습니다. 그런데 조세만 국용(國用)이 되고 공물과 잡역은 모두 10배나 되는 값을 거두면서도 교활한 아전과 방납자(防納者)의 주머니 속으로 모두 들어가니, 백성이 어떻게 곤궁하지 않으며 나라가 어떻게 가난하지 않을 수 있겠습니까. 마땅히 만사를 제쳐놓고 군량(軍糧)에 전력을 쏟아야 할 것인데, 제향(祭享)은 비록 큰일이기는 하나 마땅히 변통해야 할 바가 있고 어공(御供)은 전하에게 달려 있으니, 또 무엇이 어려워서 공물의 폐단을 개혁하지 못하십니까.

그리고 경비가 모자랄까 항시 걱정하는 것은 긴요치 않은 식량의 소비와 불필요한 낭비가 많기 때문입니다. 전하께서 풍족하던 구규(舊規)에 얽매이지 마시고 환관(宦官)과 궁첩(宮妾)은 사령(使令)할 만큼만 남겨두고 모두 파면하며, 기타 의복과 사용하시는 물품 중에 약간 사치스런 듯한 것은 모두 재감(裁減)하게 하시면, 외정(外廷)의 긴요치 않은 식량 소비와 외사(外司)의 불필요한 낭비는 일필(一筆)로 제거시킬 수 있습니다.

산택(山澤)의 이익은 예로부터 탁지(度支)에 속한 것인데 지금은 그렇지 아니하여 모두 사문(私門)으로 들어가고 있습니다. 전하께서 먼저 내수사(內需司)를 파하여 모두 유사(有司)에게 돌아가게 하시면,

모든 훈구(勳舊), 척신(戚臣)과 각 아문(衙門)은 감히 사사로이 점유하지 못할 것이고, 여러 가지 세금과 공물이 모두 국유가 되어 재용(財用)이 넉넉할 것입니다. 참으로 능히 이것을 행하여 군수(軍需)에만 전념한다면 10만 명의 군량은 변통하기가 어렵지 않을 것입니다.

우리나라는 군율이 엄하지 아니하여 장수가 법을 두려워하지 않습니다. 만약 경계하여야 할 급박한 사태가 있게 된다면 먼저 스스로 도망하여 적들이 무인지경처럼 들어올 것이니, 몹시 통탄스럽습니다. 마땅히 먼저 장수를 가리어 병사와 군량을 풍족하게 하고 병기를 구비한 다음 나가서 싸우거나 물러가 지키는 것을 하는 대로 맡겨두고 절대로 멀리서 통제하지 말며, 누적된 시기로 하여 의심을 갖지 말고 참소와 이간 때문에 현혹되지 말아서 오랫동안 책임을 맡겨 실효를 거두도록 하고, 성공하면 후한 상을 내리고 실패하면 처자(妻子)까지 중형을 받게 하되 이 법을 금석(金石)처럼 굳게 지켜야 합니다. 그러면 장수된 자는 반드시 지혜와 용맹을 다하고 마음과 힘을 다하여, 감히 병기 소리만 듣고 도망하거나 풍문만 듣고 흩어져 무너지지는 않을 것이니, 장수를 맡기는 도리가 참으로 여기에서 벗어나지 않을 것입니다.

신들은 삼가 생각건대, 오늘날 발흥(發興)하는 계책을 저해하고 분려(奮勵)하는 뜻을 패퇴하게 한 것은 다름 아니라 오로지 강도(江都)로 보장(保障)을 삼았기 때문입니다. 전하께서 위로는 종묘(宗廟)를 받들고 아래로는 만민을 돌보시어 간대(艱大)한 임무와 부모로서의 책임이 높고도 중대하니, 어찌 차마 혼자만 온전하다고 하여 구제하지 않을 수 있겠습니까. 혹 전하께서 한번 강도로 들어가신 후에 오랑캐의 병사가 국내에 가득하여 백만 생령들이 모두 그들에게 짓밟힘을 당한다면 전하께서는 그때 어떻게 생각하시겠습니까?

임금은 한갓 고식적인 방법으로 병화(兵禍)를 피하려고 마음먹으면서, 백성들로 하여금 생명을 잊고 부모와 처자식을 버린 채 즐거운 마음으로 끓는 물, 타는 불 속으로 뛰어들기를 바란다면, 그 또한 어렵지 않겠습니까. 의논드리는 자는 이르기를 '군부(君父)와 종사(宗社)를 아주 안전한 곳에 모신 후에야 국사를 도모할 수 있다.'고 말하나, 신들의 생각에는 강도에 있는 병사와 군량, 무기를 속히 철수하여 모두 서로(西路)로 실어 보내고 행궁(行宮)을 불사르고 거처하지 않아야 그제야 국세(國勢)가 진작되고 인심을 보존하여 망국의 화를 모면할 수 있을 것이니, 이것이 소위 군부와 종사를 위한 만전지책이라고 여겨집니다.

신들은 또 생각건대, 지금 계획을 변동시키지 못하는 까닭은 한 가지 빌미가 될 만한 일이 있습니다. 무엇인가 하면 변란을 여러 번 치른 후라 인심이 걱정하고 불안해하며 상하가 서로 의심하고 두려워하여, 예기치 않은 변란이 갑자기 가까운 곳에서 일어나지 않을까 항시 염려하고, 무슨 일을 하면 곧바로 의심을 하므로 위망(危亡)의 화가 당장 닥치는 것을 보고도 감히 크게 시행하지 못하는 것입니다. 이는 마치 오랜 병고(病苦)를 치르는 사람이 허리와 배가 서로 끌어당기고 목과 등이 서로 끌어당기며, 앞에는 사나운 짐승이 있고 뒤에는 무섭게 타오르는 불길이 있어서 조금도 스스로 움직이지 못하고 아무런 대책 없이 그대로 죽어가는 것과 같습니다. 전하께서도 이런 데에 현혹된 바가 없으신지 모르겠습니다.

대체로 인심의 향배는 군주의 덕에 달려 있는 것이니, 거조(擧措)가 올바르면 인심이 기쁜 마음으로 복종하고 원근(遠近)이 사랑하여 받들 것이며, 백성에게 편협함을 보이면 여기저기서 혐오하여 틈이 생기고 환란이 더욱 깊어지는 것입니다. 옛날에 한 광무제(漢光武帝)는 적심(赤心)을 미루어 사람들의 마음속에 두었으므로 도적떼가 충성을 다해 목숨을 바쳤고, 송 태조(宋太祖)는 '천명(天命)을 가진 자는 마음대로 하도록 내버려 두어도 반측자(反側者)가 숨을 죽인다.'고 하였으니, 이는 어질고 슬기로운 군주가 난리를 평정하여 대업을 이룩할 수 있었던 까닭입니다.

오늘날 책임을 맡은 자는 덕에 힘써 사람을 복종시킬 도리는 생각하지 않고 도리어 시기하고 의심하던 말세(末世)의 전철을 밟고 있으니, 이것이 여러 사람이 함께 걱정하고 답답하게 여기는 점이며 장사(將士)들이 맥이 풀리는 이유입니다. 아, 변성(邊城)이란 것은 나라의 울타리입니다. 울타리를 튼튼하게 하는 것은 곧 외적을 막는 방법이니, 울타리를 튼튼하게 하지 않고 먼저 피난할 곳을 찾는다는 소리는 듣지 못했습니다. 송 진종(宋眞宗) 때에 거란(契丹)의 백만 대군이 천하를 유린할 기세로 쳐들어왔는데, 군신(群臣)들은 앞 다투어 피난할 계책을 말하였으나 유독 구준(寇準)만은 친히 정벌에 나설 것을 권유했습니다. 그리하여 전연(澶淵)에 출사(出師)하였는데, 육군(六軍)은 사기가 북돋아지고 노병(虜兵)은 넋이 빠진 채 강화를 청하고 달아났습니다. 만약 그 당시에 군신(群臣)들이 두려워서 겁을 먹고 나약한 마음을 가졌다면 어떻게 위엄을 떨치고 승리할 수 있었겠습니까.

지난번 정온(鄭蘊)이 전하에게 개성(開城)에 진주(進駐)하시도록 주청(奏請)하였는데, 사람들은 모두 어리석고 미친 말이라고 비웃었으나 이것은 참으로 전하를 위한 심오한 계책이었습니다. 전하께서 항시 강도로 들어가 보전하겠다는 마음을 갖고 계시었으므로 군신들의 해태한 마음이 이 지경에 이른 것입니다. 만일 개성에 진주할 마음을 가지셨다면 국사가 어찌 이처럼 극한 지경에 이르렀겠습니까. 신들의 생각에는 개성도 오히려 가깝게 느껴지니 평양(平壤)에 진주하는 것이 최선인 듯합니다. 전하께서 혹여 싸워서 지키겠다는 의지를 굳건히 가지시고 물러가 피난하겠다는 생각을 아주 끊어버리시어, 강도를 보전하는 방법으로 평양을 보전하고 진주하여 친정(親征)할 계책을 세우신다면, 전하의 신하들 중 누가 감히 움츠리고 물러가 살기를 도모할 마음을 갖겠습니까. 사방의 근왕병(勤王兵)과 8도의 충의지사(忠義之士)들까지도 반드시 구름이 모이고 그림자가 따르듯이 식량을 싸가지고 멀리서 달려와 전하의 위급함을 구할 것이어서, 병사는 소집하지 않아도 스스로 모이고 군량은 구하지 않아도 스스로 쌓일 것이며, 성을 지키는 장수와 대오에 편성된 병사까지도 모두 죽음을 각오하고 감히 발길을 돌리려고 하지 않을 것이니, 싸움을 하거나 수비를 하거나 불가할 것이 없습니다. 삼가 바라건대 전하께서는 흔쾌히 영단을 내리소서.」

주상이 답하기를, "묘당으로 하여금 헤아려 처리하게 하겠다." 하였다.

비국(備局)이 회계(回啓)하였다.

"간원(諫院)의 차자(箚子)는 사의(辭義)가 엄정하여 다 읽기도 전에 고무하고 진작하는 늠름한 기운이 감돌고 있습니다. 정묘년의 강화는 다만 형세가 불리하고 힘이 모자랐기 때문에 휴식을 함께 할 수밖에 없었으니, 종사(宗社)를 위하고 생령(生靈)을 위해서였습니다. 도적이 황제라 참칭(僭稱)한 후에는 의리에 의거하여 물리쳐 거절했는데, 지난번에 인삼 값을 가지고 온 오랑캐에게 서찰을 부치고자 한 것은, 명분을 간범(干犯)한 죄를 책망하고 맹약을 먼저 깬 뜻을 힐책하는 데 불과하였던 것이니, 어찌 다시 기미(羈縻)할 계책을 세우는 것이겠습니까. 부질없는 의논이 분분하여 먼 곳에까지 전파되어 심지어는 진신(搢紳)들까지도 파란을 부채질하여 그 세를 돕고 있습니다. 이는 무식한 자의 말이니 참으로 통탄스럽습니다. 성지(城池), 병기, 족식, 족병의 허다한 직무는 전수(戰守)를 위한 큰 일이니, 어찌 잠시인들 마음속에 잊을 수 있겠습니까. 그런데도 서

둘러 하지 못하는 것은 참으로 민력(民力)이 감당하지 못하여 혹시 내란에 이르지 않을까 두려워해서입니다. 국가가 지금까지 유지할 수 있었던 것은 인심(人心)입니다. 지금 만약 종실(宗室) 이하 제반(諸班)의 각종 사람들을 모두 모으고 시민과 공사천에 이르기까지 병사를 만든다면, 군대의 수는 많이 얻을지라도 반드시 나라의 근본이 흔들릴 것입니다. 이 무리들로 하여금 도적을 막게 한다면 양떼를 몰아서 호랑이를 공격하는 것과 무엇이 다르겠습니까. 그러나 병조(兵曹)로 하여금 의논하여 처리하게 하는 것이 나쁘지 않을 것입니다.

'고식적인 방법을 많이 쓰고 군율이 엄하지 않다.'는 간원의 말은 참으로 오늘날 고질적인 폐단을 적중한 것입니다. 만일 도적이 국경을 침범하여 관서(關西) 지방을 통과한다면 순찰사(巡察使)와 병사(兵使)는 당연히 처자까지도 극형에 처해야 하고, 해서(海西) 지방을 통과한다 하여도 역시 그렇게 하여 절대로 너그러이 용서하지 말아야 합니다.

옛날에 조간자(趙簡子)는 진양(晉陽)으로 보장(保障)을 삼아 끝내 이익을 얻었습니다. 오늘날 강도는 부득이한 데서 나온 조치인데, 어찌 반드시 행궁을 먼저 불사른 후에야 할 수 있단 말입니까. 평양은 참으로 우리나라의 큰 도시로 험악한 성지(城池)와 풍부한 물력은 국내에서 제일이고, 감사 홍명구(洪命耉)가 현재 경영하여 적을 차단할 곳으로 만들고 있습니다. 상께서 진주하시는 것은 오늘날 경솔히 의논할 바가 아닌 듯합니다.

전연(澶淵)의 일은 천고의 미담이나 육군(六軍)의 성대함이 어찌 오늘 같으며 인재의 많기가 어찌 오늘 같겠습니까. 그리고 형세의 강약과 성지의 견고함도 오늘에 비길 수 없습니다. 국가를 도모하는 방법은 참으로 만전지책(萬全之策)을 써야 하는 것인데, 간원의 모든 신하들이 어찌 이 점을 모르겠습니까. 다만 걱정하고 분개하는 마음이 격함으로 인하여 이런 말씀을 드린 것입니다. 그러나 간원의 이 말은 천하의 대의(大義)로 없어서는 아니 될 의논입니다. 한가하실 때 좀 더 생각하시면 몹시 다행이겠습니다.”

주상이 답하기를, “만일 도적이 국내에 깊이 들어온다면 체찰사(體察使)도 중한 책임을 면키 어려울 것이니, 절대로 예전처럼 태만하게 하지 말라.” 하였다.

— 국사편찬위원회, 조선왕조실록 사이트에서

감군 황손무가 가져온 충성에 관한 칙서를 의식에 따라 인정전에 서 받다

≪인조실록≫ 1636년 9월 1일조 1번째 기사

감군(監軍) 황손무(黃孫茂)가 칙서(勅書)를 받들고 오니, 상이 모화 관(慕華館)에 나가 영접하고 인정전(仁政殿)에 이르러 의식대로 칙서 에 절했다. 칙서의 내용은 다음과 같다.

「황제는 조선 국왕에게 칙유(勅諭)한다. 짐은 생각건대 천도(天道) 는 사사로움이 없어서 거역하면 흉(凶)하게 하고 순히 하면 길(吉)하 게 하며, 왕화(王化)는 예외가 없어서 포악한 자를 제거하고 충성스 런 자를 드러내는 것이다. 무지한 노추(奴酋)가 험고함을 믿고 완강 하게 버티는데, 아직까지 천토(天討)를 늦추어 죄가 이미 천지에 가 득 찼다. 요즈음 변신(邊臣)의 주문(奏聞)에 의거하면, 저 도적이 감 히 다시 교활한 꾀를 부려 해국(該國)을 위협했는데, 국왕이 능히 준엄한 말로 거절하고 함께 원수를 갚겠다는 의리가 간절하여 충 직하고 양순한 마음을 변치 않았다 하니, 몹시 가상하다. 이미 연 해(沿海)의 각 장수에게 신칙(申飭)하여, 수군(水軍)을 정돈, 격려하고

서로 연락을 취하여 기각지세(掎角之勢)를 이루고, 기책(奇策)을 세워
승리로 이끌어 천토를 펴라 하였으니, 국왕은 더욱 충직하고 양순
한 마음을 돈독히 하고 무략(武略)을 크게 드날리어 함께 꾀하고 협
력하여 큰 공을 세워서 영원토록 요해(遼海)의 파도를 맑게 하고,
힘써 번병(藩屛)의 공렬을 세워 여러 대를 지켜온 나라를 빛내고 훌
륭한 포상(襃賞)이 내려지기를 기다리라.」

_국사편찬위원회, 조선왕조실록 사이트에서

황손무가 오랑캐 토벌의 협조를 바라는 게첩을 보내다

≪인조실록≫ 1636년 9월 3일조 1번째 기사

황 감군(黃監軍 : 黃孫茂)이 게첩(揭帖)을 보내어 말하였다.

「역노(逆奴)가 내국(內國)을 침범한 지 이제 19년이 되었소. 우리 나라는 귀국과 우환을 함께 하여 입술과 이빨의 관계처럼 정의(情誼)가 몹시 두텁소. 오늘날 오랑캐를 토벌하는 일은 귀국의 긴밀한 협조를 바라지 아니할 수 없소.

하나는 금소석(金召石)과 백양골(白羊骨)의 봉(封)함을 회복시켜야 하는 것이오. 금소석(金召石)과 백양골(白羊骨) 두 추장은 원래 우리의 속이(屬夷)로서 대대로 충성을 다하였는데, 건이(建夷)가 함부로 날뛰어 마침내 두 부족(部族)을 합병하였소. 추장은 비록 망하였다고 하더라도 부락에는 아직까지 생존자가 남아 있으니, 바라건대 현왕(賢王)은 지모(智謀)가 있는 사람을 보내어 금·백의 자손을 은밀히 찾아가 원래의 봉호(封號)를 허락하고 그 부락을 거느리고 오게 하는 것이오.

하나는 간첩을 쓸 방법을 강구하자는 것이오. 요즈음 듣자니, 노적(奴賊)이 3추(三酋)의 자손을 모두 죽이고자 한다 하니, 이것은 바로 천심(天心)이 난리를 싫어하여 역노들로 하여금 한집안에서 창을 잡고 스스로 어육(魚肉)을 만들게 한 것으로, 간첩을 쓰기가 지금보다 편리한 시기는 없소이다. 간절히 바라건대 귀번(貴藩)은 유념하고 몸소 방문하여 저들의 상하 좌우로 하여금 제각기 마음을 다르게 먹게 하시오.

하나는 투항해 오는 사람을 초치(招致)하는 법을 확대시키는 것이오. 노적의 군대는 전쟁을 치를 수 있는 자가 1만 명도 되지 않고, 대개는 모두 금·백·어(魚)·피(皮) 등의 부족 중에서 강제로 끌려온 오랑캐와 요(遼)·광(廣) 같은 곳의 돌아오고 싶어도 돌아오지 못하는 난중(亂衆)들이니, 지금 법망을 크게 터놓아 노적에게 빠진 자는 한인(漢人)이나 오랑캐를 가리지 말고 모두 투항을 받아 주시오.

하나는 귀번의 병사를 신칙(申飭)하는 것이오. 왕국(王國)은 봉역(封域)이 수천 리이고 식량이 수십 년을 지탱할 수 있을 터인데, 하루아침에 위급한 일이 생기면 갑자기 놀라고 당황하여 어찌할 바를 몰라 하고 있는 것은 무엇 때문입니까? 의주(義州)는 나라의 문호이니 지금 옛 성지(城址)를 이용하여 증수(重修)하고 동강(東江)과 더불어 서로 기각지세(掎角之勢)를 형성하면 노적의 목구멍이 끊기고 왕국은 태산처럼 유지될 것이오.

하나는 공마(貢馬) 제도를 회복시키는 것이오. 조종조(祖宗朝)의 구제(舊制)에는 해마다 조공(朝貢)에는 으레 명마(名馬)가 있었는데, 노적이 왕국을 유린한 이후로 도로가 막히어 귀번의 공마가 오랜 세월 단절되었소. 지금 병력을 증강하고 진영(鎭營)을 옮겨놓아 금성탕지(金城湯池)처럼 견고히 하도록 의논하자면 반드시 먼저 많은 말을 바치어 방어를 돕게 해야 할 것이니, 마땅히 제도상의 정하여진 액수를 조사하여 보내서, 군전(軍前)에 보충하여 타고 싸우는 데 사용하도록 준비해야 할 것이오. 바라건대 현왕은 깊이 생각하여 처리하소서.」

상이 답하였다.

"대인(大人)께서 불곡(不穀)이 어리석어 더불어 대화할 상대가 못 된다고 여기지 않으시고 화첩(華帖)을 보내어 속마음을 말씀해 주시니, 참으로 몹시 감탄스럽소. 예로부터 적을 제어하는 데는 신기한 꾀를 많이 썼으니, 기회를 틈타 계략을 써서 스스로 쇠하게 만든 후에 시기를 보아 움직이는 것이 만전지책(萬全之策)이 될 것이오. 여진(女眞)의 남아 있는 종자는 본래 많지가 않고, 지금 모여 살고 있는 것은 모두 협박을 당한 금·백·홀(忽)·온(溫)의 여러 부족들이니, 그 중에는 필시 심복하지 않는 자가 있을 것이오.

그리고 팔왕자(八王子)는 세력이 균등하여 서로 갈라지기가 쉬운 형편이오. 지금 들으니, 저들 중에 벌써 서로 도모하려는 조짐이 있다 하니, 이는 곧 하늘이 망하게 하는 때이오. 일찍이 진 도독(陳都督)의 계첩과 백 부총(白副摠)이 말한 것을 보면, 모두 적정을 정탐하고 간첩을 이용하도록 분부하였소. 폐방(弊邦)은 황조(皇朝)가 노적을 제어하는 방법을 깊이 터득하고 있다는 것을 이미 알고 있으니, 폐방이 조금이라도 힘을 다할지언정 감히 심력(心力)을 기울여 시행하지 않을 수 있겠소.

모 원수(毛元帥)가 개진(開鎭)한 이래로 귀순하는 요민(遼民)이 끊이지 않았는데 폐방이 길을 인도하여 피도(皮島)로 보냈으니, 이 일은 피도에 있는 제장(諸將)들이 알고 있소. 지금 이처럼 돈독한 분부를 받드니 더욱 심력(心力)을 다해 여러 방면으로 개도(開導)하여 대인의 뜻에 부응토록 하겠소.

의주는 폐방의 문호로 정묘호란에 병화(兵禍)를 제일 혹독하게 당하여 인민이 모두 사망하여 온 경내가 폐허가 되었소. 요즈음 수년 사이에 비로소 유민을 불러 모으고 성첩(城堞)을 보수하여 고수하려는 계획을 세우고자 하는데, 병사가 적고 식량이 모자라서 아직까지 착수하지 못하고 있소. 폐방의 군신이 주야로 힘써 잊지 못하는 것은 참으로 여기에 있소이다.

폐방은 본래 좋은 말이 없는데다 병란을 겪은 이후 선(宣)·철(鐵) 제도(諸島)의 목장이 모두 비어 있고 민간에서는 전혀 좋은 말이 생산되지 않아, 공사(公私) 간에 사용하는 말은 모두 노둔한 것들로서 전용(戰用)으로는 합당치 않소이다. 그러나 부지런히 구하라는 분부를 받았으니, 감히 힘껏 수매(收買)하여 조그만 정성을 표하지 않을 수 있겠소이까.

군사 기밀은 몹시 비밀스런 것이니 대신 1명을 보내어 직접 말씀드리고, 지휘를 받겠소이다.”

다음날 김류(金瑬)를 보내어 관소(舘所)에 이르니, 감군이 좌우를 물리치고 6폭의 글이 든 봉투 하나를 주어 상에게 계달하게 하였다. 상이 인정전(仁政殿)에서 잔치를 베풀고 감군에게 이르기를, “소방(小邦)은 척화(斥和)한 이후 조석(朝夕)으로 병화를 입고 있는데 병력이 잔약(殘弱)하여 적에게 대항할 수 없으니 부모의 나라에서 와서 구원해 주기를 바랄 뿐이오.” 하니, 감군이 “귀국은 오로지 문화(文華)만 숭상하고 무략(武略)은 등한히 하였소. 그리고 병사와 농군을 구분하지 않았으므로 이처럼 약한 것이니 조련만 더 시킨다면 단약(單弱)한 것은 걱정할 것이 없소이다.” 하였다. 술이 네 순배 돌고 파하였다.

— 국사편찬위원회, 조선왕조실록 사이트에서

감군의 요청에 따라 오랑캐를 정탐하는 문제로 의견이 분분하다

≪인조실록≫ 1636년 9월 15일조 2번째 기사

이때 묘당(廟堂)이 사람을 심양(瀋陽)으로 보낼 계획을 이미 확정했는데, 이는 대개 황 감군(黃監軍 : 黃孫茂)의 오랑캐 동정을 정탐하라는 요청에 의한 것으로, 겸하여 옛날의 우호관계를 닦으려는 것이다. 헌납 이일상(李一相), 정언 유황(兪榥)·홍전(洪瑑)이 아뢰었다.

"지난번 적로(賊虜)가 참호(僭號)하고 방자하게 글을 보냈는데, 전하께서 벌컥 성을 내고 분발하여 대의로 거절하고, 독부(督府)에 이자(移咨)하고 명조에 전주(轉奏)하시었습니다. 당시에는 떠났던 인심이 다시 화합하고, 잃었던 사기가 다시 진작되고, 어두웠던 의리가 다시 밝아졌으니, 이는 참으로 위태로움이 변하여 안정이 되는 하나의 커다란 기회였습니다. 그런데 수개월도 되지 않아 분별없는 논의가 벌떼처럼 일어나고, 심지어는 정탐한다는 명분을 빌려 차사를 오랑캐에게 보내고 국서를 부치려고 하니, 전하를 위해 이런 계획을 세운 자가 누구입니까? 국가의 일은 사람마다 경솔히 의논할 것이 아닙니다. 다만 생각하건대, 국사를 도모하는 것은 비록 권모(權謀)를 피할 수 없다고 하더라도, 일을 처리함에 있어서는 명백하게 아니할 수 없습니다.

도적이 황성(皇城)을 핍박하고 원릉(園陵)을 더럽혔으니, 신자(臣子)된 자치고 누군들 원통함을 품고 죽으려고 하지 않겠습니까. 비록 갑옷을 입고 달려가서 위급한 부모를 구제하지는 못할망정, 어찌 차마 우리 스스로 일을 도모하여 이런 무익한 서찰을 보낸단 말입니까. 가령 이 일이 오로지 감군(監軍)의 청을 받들어 명조(明朝)를 위해 간첩을 쓰기 위한 마음에서 나온 것이라고 하더라도, 우리가 보내고 싶어도 보내지 못하였던 것을 이 일을 빙자하여 부송(付送)한다면, 신들은 봉승(奉承)한 뜻이 밝혀지기도 전에 의심하는 비방이 먼저 이를까 두렵습니다. 더구나 병가(兵家)에서 간첩을 씀에 있어서는 비밀을 지키는 것이 중요한 것인데, 차인(差人)이 역말을 타고 국서(國書)가 뒤따르니, 이 역시 하나의 사신입니다. 그 누가 명조를 위해 간첩을 행하는 것이라고 이르겠습니까.

아, 화친은 이미 끊어졌고 장려하는 칙서가 겨우 내려졌는데 거조가 바르지 못하여 군정(群情)이 의심을 가지니, 위로는 명조를 배반하고 아래로는 우리 국민을 기만하는 것이 되지 않겠습니까. 신들의 구구한 생각으로는 참으로 이것이 두려워 묘당으로 하여금 다시 의논하여 처리하도록 주청하려고 하였습니다. 그런데 사간 정태화(鄭太和)가 지난번 경연(經筵) 자리에서 이미 이론을 제기하려 하였고, 또 오늘 간통(簡通)을 보내어 문의한즉 병을 칭탁하고 답하

지 않았습니다. 신들은 일에 임하여 헤아려 처리하지 못하고, 이해
(利害)를 비교하여 동료에게 경멸을 당하였으니, 체직(遞職)을 명하
소서.”

상이 답하기를, “더없이 중대한 일을 이처럼 함부로 논하니 그
대들의 소행은 몹시 부당하다.” 하였다.

사간 정태화가 아뢰었다.

“예로부터 교전(交戰) 중에도 서로 사신(使臣)을 통하여 적의 동정
을 정탐하고 겸하여 국서를 부치기도 했으니, 묘당(廟堂)이 강론하
여 결정한 것이 어찌 소견이 없다 하겠습니까. 신의 어리석은 생각
은 전부터 이와 같았습니다. 마침 갑자기 중병을 얻어 이미 사직서
를 마련했는데 그때에 간통이 이르렀으니, 한편으론 체직을 바라
고 또 한편으로는 답장을 보낼 수 있겠습니까. 신이 그릇된 견해를
바꾸지 아니하고, 또 급히 명을 따르지 않은 죄를 지었으니, 신을
체직하소서.”

장령 김휼(金霱)·민광훈(閔光勳), 지평 민응협(閔應協)이 아뢰었다.

“지난번 적로(敵虜)가 제멋대로 참호(僭號)하고 우리를 다시 인호
(隣好)의 도리로 대접하지 않으니, 대의(大義)가 있는 한 화친하는 일
은 이미 끝났습니다. 중외(中外)에 포고하고 명조에 전하여 알렸으
니, 바로 조약을 폐기하고 사신을 끊어 자강책(自强策)을 강구하는
데 급급해야 마땅할 것인데, 지금 다시 구구하게 국서를 통하니,
분명히 의로운 일이 아닙니다. 더구나 황제의 칙서가 내려지고 장

려하는 유지(諭旨)가 함께 이르렀는데, 겉으론 간첩을 보낸다는 명분을 빌리고 실지로는 스스로 하려던 계획을 이루려고 하니, 거조(擧措)가 잘못된 것이고 의리에도 해롭습니다. 대각(臺閣)의 신하가 의리에 의거하여 집요하게 논쟁하지 아니할 수 없는 것이어서 신들이 여러 차례 발언하였으나 장관(長官)에게 견제 당함을 면할 수 없었으니, 몹시 연약했기 때문입니다. 신들을 체직하소서."

집의(執義) 임련(林堜)도 이 일로써 인피(引避)하였다.

교리 조빈(趙贇)·박서(朴遾), 수찬 오달제(吳達濟) 등이 처리하며 아뢰었다.

"요즈음 여기저기서 다른 의논이 함부로 생겨 신사(信使)를 다시 통하고자 하였으나 핑계 댈 말이 없을까 걱정하였는데, 감군의 말을 듣고서 갑자기 사람을 보내고 서신을 부치려고 하였으니, 이는 간첩의 명분을 빌려서 기미(羈縻)하려는 계책을 이루려고 하는 데 불과한 것입니다. 양사(兩司)의 논쟁이 실로 정당한 의논인데, 자기 소견을 고집하고 많은 말로 이론을 세우는 것은 무엇 때문입니까. 바라건대 이일상·유황·홍전·김휼·민광훈·민응협·임련은 출사(出仕)를 명하고 정태화는 체차(遞差)하소서."

상이 따랐다.

— 국사편찬위원회, 조선왕조실록 사이트에서

병자년 상소, 그 셋째

丙子封事 第三

병자년 상소, 그 셋째
丙子封事 第三

삼가 아뢰옵니다.

신(臣)은 시기와 형편을 헤아리지 못하고 망령되이 저의 어리석은 소견을 진달하다가 거듭 대간(臺諫)의 논핵(論劾)을 받고 거의 예측할 수 없는 지경에 빠질 뻔했지만, 다행히도 주상께서 밝은 지혜로 신의 본심을 통찰해 주시고 세세히 곡진하게 분별하여 석명(釋明)해 주시니, 더 할 나위 없는 헤아려주심을 입었습니다. 비록 신으로 하여금 스스로를 변명케 할지라도 이보다는 더할 수 없을 것이니, 주상의 보살핌에 감격하여 눈물이 흘러내립니다. 뇌를 으깨고 간을 쪼개어 죽더라도 어찌 갚을 수가 있겠사옵니까?

신은 재주도 없고 형편없는 몸으로 숭품(崇品 : 종1품)에 올랐는데, 복록(福祿 : 타고난 복과 벼슬아치의 녹봉)이 타고난 분수보다 너무 지나치자 재앙과 허물이 절로 찾아들고 병이 깊이 들며 모함과 비방이 번갈아 몰려드니, 본디 다시 세상에 대한 생각을 할 여지가 이미 없습니다. 다만 졸렬할망정 절박한 심정을 아직도 밝으신 성상께 다 드러내어 아뢰지 못한 것이 있사와 전혀 한마디 말도 않고 물러나려 하니, 또한 원통하고 답답하여 스스로 그만둘 수가 없는 것이 있습니다.

신은 타고난 성품이 경박한데다 권모술수를 잘 몰라서 평상시에 남과 이야기할 때면 진실하여 꾸밈없이 다 드러내었고 숨기거나 가리지 않았습니다. 어전(御前)에 나아가 주상을 직접 대할 때면 더욱 말을 함부로 하지 않고 삼가야 할 터인데도, 신중하지 못하고 가벼운 성품으로 말미암아 그것을 고치지 못하고 번번이 방안에서 늘 말하던 것들을 주상께 아뢰었는데, 그때마다 당시 꺼리는 일에 저촉되었습니다. 게다가 말하는 재주가 서툴러서 마음속에 품은 생각을 입으로 잘 나타내지 못했기 때문에, 입시(入侍 : 대궐에 들어가 임금을 뵙던 일)해야 할 때는 상달(上達)하려 하는 일들을 미리 생각하고, 마음속으로 마치 오래전부터 구상한 문장처럼 암기하면 또한 약간 두서가 잡힙니다. 하지만 만약 간혹 갑작스럽게 하문(下問)을 받잡고 입에서 나오는 대로 대답해야 할 때면, 으레 뒤죽박죽 어그러진 것이 많아서 거의 제대로 말을 이루지 못합니다. 혹은 전하의 말씀을 자세히 알아듣지 못하여 때때로 하문하신 뜻을 헤아리지 못하다가, 어전에서 물러 나와 그것을 생각한 뒤에야 비로소 알아차리고 후회합니다. 이것은 모두 신(臣)이 말을 꾸미지 못하는 병통임을 스스로가 아주 명백히 알지 못하는 것이 아니지만, 그 자리에서는 술 취한 듯 그 잘못을 깨닫지 못한 것입니다. 지난해 경연(經筵)의 자리에서 한마디 말을 망발한 탓으로 영남(嶺南) 선비들[朴焞 등]로부터 공박(攻駁)을 당하여 허다한 문자를 허비하고 나서야 겨우 스스로를 변명할 수 있었습니다만, 지금 와서 생각해도 마음과 간담이 아직도 서늘합니다. 신의 병통(病痛)을 아는 자들은 항상 신에게 경계하기를, "마음속에 품은 생각이 있으면 문자를 갖추어 상달할 것이지, 부디 탑전(榻前)에서 입을 열지 말라."고 합니다. 신도 통렬하게 스스로를 징계하며 혀를 깨물고 말조심한 것이 오래입니다.

지난날(9월 19일 畫講) 다시 입시(入侍)하였을 때는 다만 변방의 일을 진달하려고 했을 뿐이었습니다. 그런데 어리석고 망령됨이 형편없어서 갑자기 앞서한 경계를 까맣게 잊어버리고 또다시 망발을 하여 스스로 화(禍)의 빌미를 만들었으니, '입은 전쟁도 일으킨다.(惟口興戎)'는 말을 어찌 믿지 않겠습니까? 신상(申恦)의 무리가 신을 노여워하는 것이 무슨 일인지 모르겠지만, 그들의 계사(啓辭)에는 신이 '승지를 물리쳐야 한다.'고 했다는 한 가지로 신의 죄목을 삼으니, 신은 그 말한 것에 의거하여 변호하지 않을 수 없습니다.

신은 항상 생각하건대, 조종(祖宗 : 임금의 조상)께서 관제(官制)를 정하시며 삼사(三司 : 사헌부, 사헌부, 홍문관)의 직책에 5품과 6품이 대부분 차지했는데, 모두 나이가 젊은 신진(新進)으로 채운 것은 대개 민첩한 눈과 귀, 과단성 있고 예리한 뜻과 기백으로 치도(治道)를 도우려는 것입니다. 그래서 임금에게 허물이 있으면 간쟁(諫爭)하고 재상이 불법을 저지르면 규간(規諫)하는데, 비록 과격한 말이 있더라도 으레 관대하게 용서를 베풀어 그 기개를 꺾지 않도록 한 것은 거리낌 없이 말하는 길을 열어주려는 까닭입니다. 하지만 국가의 대계(大計)가 안위(安危)와 관계되는 것이라면, 원래 노성(老成)한 대신들이 열경(列卿 : 정3품 이상의 벼슬아치) 및 재상들과 함께 시기와 형편에 알맞은 방책을 헤아리고 임금께 아뢰어 전지(傳旨)를 받아서 처리하도록 되어 있으니, 나이 젊은 신진들이 감히 참여할 바가 아닙니다. 신이 선묘(宣廟 : 선조)의 조정에서 벼슬할 때에 삼사의 관원(官員)이 군대와 나라의 정사를 제멋대로 의논하는 것은 보지 못하였사온데, 성상(聖上)께서 그러한 정사를 논하는 자리에 나오시는데 이르러서는 간신(諫臣)을 너그럽게 용납하여 언로(言路)를 크게 여셨으니 진실로 깨끗한 조정의 아름다운 일이오나, 정치가 대각(臺閣)에게 돌아갔다는 탄식에서는 면하지 못하였습니다. 조가(朝家 : 조정)에 있는 중대한 사안의 처리는 대신(大臣)들이 능히 스스로 결단하지 못하고 걸핏하면 부의(浮議 : 근거 없는 公論)에 의해 제재당하니, 조정이 존중받지 못하고 국가의 체통이 날로 가벼

위져서 오늘에 와서는 그 폐단이 극에 달하였습니다.

근래의 일을 한번 말씀드리겠습니다. 나덕헌(羅德憲)은 오랑캐에게 사신(使臣)으로 갔었습니다. 설령 실제로 실수한 바가 있다 하여도 마땅히 약간 여지를 두어 참작하면서 조용히 죄를 논의하고 드러나지 않도록 하는 것이 바야흐로 나라를 위해 악한 것을 숨기는 의리에 맞는 것입니다. 더군다나 대등한 예로 대하며 굴복치 않았고 한(汗 : 청태종)의 국서를 내버렸던 것은 사건의 정황이 명백한데도 어찌 사람들의 이목에 달린 것이겠습니까? 가만히 듣건대, 당초에 장계(狀啓 : 보고서)가 올라오자 묘당에서는 포상하려는 생각까지 있었으나, 횡의(橫議 : 빗나간 과격한 의론)가 졸지에 일어나니 오랑캐의 조정에서 무릎 꿇었다는 죄목을 억지로 덮어씌웠다고 합니다. 번국(藩國)인 우리나라의 사신이 분수를 모르는 역적 오랑캐에게 무릎을 꿇은 것이 어찌 나라의 아름다운 일일 것이며, 떠들썩하게 서로 전하는 것이 마치 좋은 소식을 들은 듯이 할 수 있단 말입니까? 만약에 그렇지 않다는 것을 밝히는 자가 있으면 발끈 크게 화를 내니, 이것이 어찌 사람의 성정(性情)이겠습니까?

호역(胡譯 : 만주어 역관)을 들여보내는 편에 국서를 전달하여서 화친을 끊는 단서가 우리나라에서 생긴 것이 아님을 밝히려는 것에 대해서는 신의 소견이 당초부터 그와 같이 하려고 했기 때문에 또다시 차자(箚子)로 진달하였지만 채택해 시행하지 않으셨습니다.

칙사(勅使 : 監軍 黃孫茂)가 관(館 : 모화관)에 도착한 다음날 바로 정탐병을 선발하여 간첩으로 보내라는 말을 간곡하게 하여 마지않았습니다. 만약 중조(中朝 : 명나라 조정)가 아는 바가 아니라면 칙사 된 자로서 어찌 감히 제멋대로 군사기밀에 관련된 중요한 일을 번국인 우리나라에 누설할 수 있겠사옵니까? 우리나라가 이미 군사를 일으켜 적의 소굴을 무찔러서 천하의 해독을 제거할 수 없으면서도, 계략(計略)을 써달라는 청까지 또 거절하고 따르지 않는다면, 단지 칙사가 쓸쓸하게 돌아가는 것만이 아니라, 명나라 조정이 그것을 듣게 되면 또한 필시 크게 괴이하게 여길 것이옵니다. 그러면 비록 그 일이 구차한 것을 알면서도, 형세가 실로 허락하지 않을 수 없사옵니다. 더군다나 형세를 살피고 편리한 기회를 틈타 도모할 수 없는 일이 아님에야 더 말할 것이 무엇 있겠사옵니까? 그러므로 주상께서 하문하시던 날에 대신(大臣)과 재신(宰臣)들의 아뢴 말이 공모하지 않고서도 서로 같았고, 이미 그 말로 다시 칙사에게 대답했으며 칙사는 또 장차 돌아가서 천자께 아뢸 것입니다. 칙사가 주고(奏稿 : 황제에게 아뢸 보고서의 원고)를 베껴서 보여주기까지 하였고, 또 벽제(碧蹄)에서 전별하던 잔칫날에 직접 대신들을 대면해 부탁하면서 더욱 간곡한 뜻을 보였으니, 진실로 우연히 생각한 것이 아닙니다. 이는 대개 중국 조정의 사람들이 눈으로 우리나라의 병력이 잔약하여 결단코 오랑캐와 서로 대항할 수가 없음을 보았기 때문에, 그 밖의 일은 우리에게 바라지 않고 그들의 계략을 실행해주기 부탁한 것입니다. 그의 게첩(揭帖)에서 일컬은 '국경을 보전하고 백성을 편안케 하는 것은 본디 사람의 마음이니, 겉으로는 베푸는 척하면서 암암리에 갖추어 헤아릴 수 없는 계략을 보이라.' 등의 말을 살펴보건대, 그 뜻은 진실로 알 수 있는 것입니다. 그런데 두세 젊은 신진들은 칙사와 같은 깊은 꾀가 있지도 않으면서 묘당의 고심(苦心)을 생각지도 않고, 방자하게 의견을 아뢰어 허물을 조정에 돌렸는데, '우리 백성들을 속이고 황제(皇帝 : 명나라)의 조정을 배반했다.'는 말을 조보(朝報 : 관보)에 발표하여 가까이는 물론 멀리까지 전파하였으니, 무엇이 우리 백성들을 속인 것인지, 무엇이 황제의 조정을 배반한 것인지 알지 못하겠습니다.

우리나라의 서쪽에는 심양(瀋陽)이 있고 곁에는 가도(椵島)가 있는데, 저들은 모두 몰래 조보를 사들여서 우리나라의 정세를 엿볼 것이니, 대간(臺諫)의 계사(啓辭)에서 언어 구사를 신중하지 않을 수 없는 것은 이와 같기 때문이옵니다. 그럼에도 이제 젊은 신진들이 망언을 한 까닭에 장차 황제의 조정으로부터도 비방을 들을 것이고, 이웃 오랑캐로부터도 의심을 받을 것입니다. 자식으로서 아비가 양(羊) 훔치는 것을 고발하는 것이 곧기는 곧으나 성인(聖人 : 공자)은 오히려 곧다고 여기지 않았으니, 더군다나 그 아비가 애초에

양을 훔치지 않았는데도 그 아들이 거짓으로 꾸미어 고발한다면 어찌 자식 된 도리에 크게 어긋난 것이 아니겠습니까?

　나덕헌의 일은 명나라 도독(都督)이 마침 가달(假撻 : 몽고)의 말 때문에 자세히 실상을 알고서 황제에게 아뢰기에 이르렀으니, 천하의 의심은 참으로 이미 얼음 녹듯 풀릴 것입니다. 그러나 지금 '황제의 조정을 속였다.'는 이 말은 우리나라 신하의 입으로 분명히 꺼낸 것인데도 또 곁에서 보기만 할뿐 입증할 사람이 없으니, 앞으로 국가로 하여금 어떻게 명나라 조정에 스스로 해명하란 말입니까? 사대부가 명성을 좋아하는 것 또한 진실로 훌륭한 뜻이지만, 그것의 마지막에 생기는 폐단이 이런 지경에까지 이르니, 신의 고민이 절박했던 것은 실로 여기에 있나이다. 그리고 입시(入侍)하던 날, 전하의 말씀을 우러러 들으니 실로 신의 우려와 서로 부합하였습니다. 하지만 정사(政事)에 대하여 간하는 직임을 맡은 사람들 때문에 감히 드러내놓고 그 잘못을 지적하지 못하고 다만 말하기를, "이와 같은 군사기밀에 관련된 중요한 일은 비밀을 지키는 것이 중요하니, 마땅히 심복 대신들과 은밀히 의논하여 처리하여야 하며, 비록 승지(承旨)나 내관(內官 : 내시)이라 하더라도 모두 듣지 못하게 해야 하옵니다." 하고, 이어서 정묘년(1627)에 삼사(三司)가 야간 습격을 아뢰어 청한 일을 거론하여 우리의 국가기밀과 관련된 일이 은밀하지 못한 하나의 사례로 입증하였으니, 옛 사람이 말한 것처럼 그럴 만한 이유가 있어서 말한 것이지, 국가의 대소사(大小事) 모두 승지를 물리치고 오로지 대신들과만 의논해야 한다고 말한 것이 아닙니다. 기타 진달한 것도 세도(世道 : 세상을 올바르게 다스리는 도리)에 대한 근심 아닌 것이 없었는데, 진정에서 우러나와 조금도 다른 뜻이 그 사이에 없었습니다.

뜻밖에 젊은 신진들이 공평한 마음으로 말을 듣지 못하고 신의 하고많은 말 가운데서 본뜻이 아닌 한 토막의 말을 뽑아내어 구실거리를 만들고 예측할 수 없는 지경에 밀어 넣고자 하였으니, 인심의 험악함이 한결같이 이런 지경에 이르렀단 말입니까? 이야기의 첫머리가 시작된 원인을 듣지도 않고 본심이 어디에 있는지를 살피지도 않고서 머리와 꼬리를 잘라내고 한 토막의 글과 한마디의 말을 집어내어서 흠으로 삼는다면, 비록 성인(聖人)과 현인(賢人)이 남긴 글 속의 말이라 해도 또한 반드시 의심할 만한 곳이 있을지니, 더군다나 신은 평소에도 말을 가려하지 못하는 자임에야 더 말할 것이 무엇 있겠사옵니까? 근래에 신을 공격하는 의론은 몇몇 젊은 신진들의 입에서 나왔는데, 온 조정이 바람에 휩쓸리듯 동조하고 더러는 아부까지 합니다. 그 사이, 신에 대한 터무니없는 모함을 모르지 않는 자들이면서도 둘러서서 서로 보기만 하며 끝내 감히 신의 참마음을 밝히지 않는 것은 다름이 아니라 한 번 입을 열기만 하면 서로 잇따라 화의(和議)라는 굴레 속으로 들어가게 되었기 때문입니다. 이것은 주화(主和)라는 두 글자가 신의 일생 동안 허물이 됨을 보여줍니다. 그렇지만 신의 마음으로는 오늘날 화친 (和親)하는 일이 잘못임을 오히려 깨닫지 못하고, 전후로 탑전에서 아뢴 뜻을 거듭 밝혀주시기를 청하나이다.

대개 석진(石晉：後晉)의 고조(高祖：石敬瑭)가 하동(河東)에서 군사를 일으켰을 때, 상유한(桑維翰)은 거란(契丹)에게 '아들'이라 칭하고 '신하'라 칭하여 군사를 빌어서 중국을 빼앗도록 하였습니다. 일이 이루어진 뒤에는 거란을 더욱 공손히 섬겼으니, 중국이 당한 수치 와 모욕은 이보다 심한 것이 없을 것입니다. 출제(出帝：후진의 2대 황제)가 즉위하자, 경연광(景延廣)이 '거신칭손(去臣稱孫：신하의 호칭을 없애고 손자라고만 칭하자는 주장)'을 건의하고, 거란의 사신에게 말하 기를, "어른이 화가 나면 와서 싸우도록 하자. 손자의 나라에서는 10만 명의 사람들이 칼을 갈고 기다리고 있다."고 하였습니다. 이 에 상유한이 여러 차례 공손한 말로 거란에게 사과하자고 청했으 나, 출제는 듣지 않았습니다. 그 당시 석진의 병력은 거란보다 못 하지 않았던 데다 신하라 칭하는 치욕은 실로 천하 사람들이 다 같이 느끼는 분노였으니, 상유한의 간언(諫言)은 의당 받아들여지지 않았던 것입니다. 그 후 거란이 해마다 쳐들어와 노략질하였으나 그때마다 석진에게 패하였으니, 하상(河上)・단주(澶州)・상주(相州)・ 양성(陽城)・정주(定州) 등의 싸움에서 석진의 위엄도 다소 펴졌습니다. 그러나 거란의 노여움으로 으르렁거리는 것이 그치지 아니하니 중국이 피폐해져 스스로 보존할 수가 없게 되자, 비로소 사신을 보내어 다시 신하라 칭하기를 청하였지만 거란이 허락하지 않았습니다. 3년이 지난 뒤에 거란이 크게 쳐들어와서 석진은 마침내 망하였습니다.

상유한의 간언은 지혜(智慧)에 가깝습니다. 그러나 당초에 잘못 생각하여 주군(主君)을 오랑캐에게 신하 노릇하게 인도하여서 중국이 겪어야만 했던 어려움의 원인을 만든 것입니다. 경연광의 건의는 정언(正言)에 가깝습니다. 그러나 그 당시의 사정에 알맞은지 헤아리지 않고 경솔히 오랑캐와 틈을 만들어서 패망의 화(禍)를 가져왔습니다. 그 사안이 비록 다르지만 그 죄가 똑같습니다. 그러므로 주자(朱子)는 《자치통감강목(資治通鑑綱目)》에서 그들의 관직을 삭제하고 간언과 건의 둘 다를 폄하하였습니다. 만일 상유한이 오랑캐에게 신하 노릇을 하게 한 죄가 없었고, 단지 전투를 중지토록 간하는 말만 있었다면 장차 석진의 충신이 되었을 것이니, 어찌 석진을 망하게 한 경연광과 똑같이 폄하되고 삭직될 까닭이 있겠습니까? 또 옛 유학자 호씨(胡氏 : 송나라 호안국)의 사론(史論)을 보면, "그가 처리한 일로 말하면 경연광이 후진을 멸망하게 한 죄는 용서받을 수 없는 것이라고 하겠지만, 그가 지닌 마음으로 논한다면 후진으로 하여금 오랑캐 거란을 아비로 섬기도록 한 것은 온 나라 사람들의 마음이 모두 편안할 수가 없었기 때문에 개연히 일어나서 한번 말끔하게 씻어보려고 한 것이다. 그런데 깊이 생각하지 않고 경솔히 우호관계를 저버림으로써 자연히 틈이 생길 여지를 낳고 말았다. 좁은 마음으로 생각해낸 얕은 계책을 지니고서 하루 아침의 분노를 참지 못하여 자기 몸도 망치고 그 화가 임금에게까지 미치게 하였다. 만일 경연광으로 하여금 '생각함이 선하거든 행동하되, 행동은 시기에 맞추어야 한다.'는 것을 알고서, 우선 예전의 맹약을 지키며 안으로 정사를 제대로 닦게 하였던들 몇 년이 되지 않아서 뜻을 펼 수 있었을 것이다."라고 하였습니다. 무릇 의리를 가지고 말하면, 천자의 지존(至尊)으로서 이적(夷狄)을 아비로 섬기는 것은 석진의 신하된 자들에게도 오히려 감당하지 못할 바가 있었을 것이옵니다. 더군다나 호씨는 학술의 바름이 중국을 높이고 이적을 물리치는 것으로 여기고 그야말로 일생의 사업으로 삼았으니, 후세에 말을 전하고 글을 지을 때[立言著論] 이전 시대의 장점과 단점을 백년 뒤에 미루어 논하는데 어찌 조금이라도 되돌아보고 꺼릴 바가 있었겠습니까? 이에, '경솔히 우호관계를 저버렸다' 또 '우선 예전의 맹약을 지킨다' 등등의 말로써 되풀이하여 억누르거나 찬양하면서 탄식하고 애석하게 여긴 바가 많았으니, 그 마음만은 헤아리면서도 그 행적엔 죄주기를 이와 같이 한 것이 어째서이겠습니까?

대개 신하가 그 임금을 위해 나랏일 도모하면서 먼 앞일까지 내다보지 못하고 자기 혼자만의 뜻대로 하기에 과감하다가 나라를 망하게 하는 데에까지 이르렀다면, 그 처리한 일은 비록 바르더라도 그 죄를 면할 수 없는 까닭이옵니다. 일찍이 선묘조(宣廟朝 : 宣祖) 갑오년(1594) 사이에 명나라 장수들이 군사를 부리어 싸우는데 힘쓰지 않다가, 처음으로 강화(講和)하여 적을 물리치려는 계획을 가지게 되었습니다. 그리하여 우리나라로 하여금 명나라 조정에 청하게 하였는데, 옛 신하 성혼(成渾)이 맨 먼저 허락할 만하다고 아뢰었고, 물론(物論 : 物議)이 시끄럽게 일어나서 그르다고 하였습니다. 그리고 전라감사(全羅監司) 이정암(李廷馣)이 성혼의 뒤를 이어서 강화를 발언하다가 장차 중죄를 입게 되기에 이르자, 성혼이 당시 정승 류성룡(柳成龍)과 함께 그의 충성을 유독 가엾게 여겨 임금 앞에 나아가 말을 같이하여 그를 잘 변호해주기로 약속하였습니다. 이에, 성혼이 먼저 나아가 아뢰기를, "이정암의 말은 절의를 위해 죽으려는 마음인 것입니다."고 하니 선조(宣祖)께서 대로하시자, 성혼이 황공하여 사죄하였고 류성룡은 끝내 감히 더 말씀드리지 못하고 물러났습니다.

이로부터 성혼을 공격하는 물의(物議)가 더욱 들끓어 상소하는 글들이 갈피를 잡을 수 없었는데, '조속히 국가의 법을 바로잡아야 후세에 할 말이 있게 되옵니다.' 등의 말도 있었습니다. 그 당시의 여론만 그러했던 것이 아니라 성혼의 문하생(門下生)이었던 자들도 또한 꽤 성혼을 의심하였습니다. 성혼은 편지를 주고받으며 스스로를 해명하였는데, 신응구(申應矩)에게 답하는 편지에는 이렇사옵니다. 『사람의 소견은 반드시 먼저 잘못 들어간 것이 있은 다음에야 언론으로 드러나서 나중에 해를 끼치게 된다. 나의 소견으로는 '언제나 일에는 시비(是非)도 있고 이해(利害)도 있다'고 할 수 있으니, 시비를 위주로 하면 도리만 보고 사물을 보지 못하며, 이해를 위주로 하면 사물만 보고 도리를 보지 못한다. 이 때문에 동자(董子 : 동중서)는 이르기를, '그 의(義)를 바르게 하고 그 이(利)를 꾀하지 말라.'고 한 것이다. 그러나 조정에 있어서는 간혹 시비와 이해가 합하여 하나가 되는 경우가 있으니, 조정의 이해가 있는 곳이 바로 시비가 있는 곳이다. 이 한 구(句)의 소견에 구애되어 한 세상의 큰 치욕을 당하게 되었다.』

황신(黃愼)에게 답하는 편지에는 이렇사옵니다. 『진회(秦檜)가 앞에만 있다면 천년이 흐른들 누가 칼로 그의 배를 찌르고 싶지 않겠는가? 그러므로 말이 화의에 관계되면, 사람들이 다 버렸네. 명분을 좋아하는 자는 명분을 아끼고 이해를 좇는 자는 이해를 구하나니, 누가 기꺼이 스스로 진회의 옛 자취에 가까이하려 하겠는가? 비루한 이 사람의 말이 불행히도 중국의 뜻에 따르고자 했으니, 내가 평소의 뜻을 모조리 저버렸고 그 몸을 더럽혔지만 구하지 않고서 죽을까, 어진 자네가 염려하는 것은 마땅하네. 비록 그러하나, 일을 처리하는 자는 반드시 그 때를 살피고, 남을 논핵(論劾)하는 자는 마땅히 그 실정을 따져야 하나니, 의심하고 꺼리는 마음을 가지고 대번에 똑같은 잣대로써 단정해서는 안 된다네.』하였고, 또『주자(朱子)는 '이미 한 자만큼 굽혀서 여덟 자를 펴려고도 하지 않는다.' 하였고 '또 기러기발을 고정시켜 놓고 거문고를 타려고도 하지 않는다.'고 하였으니, 만약 천하의 도리가 단지 앞의 한 구절에만 있을 뿐이라면, 또 어찌 뒤의 한 구절을 다시 말할 필요가 있었겠는가?』하였고, 또『보내온 편지에 이르기를, '강화를 하여 살기보다는 차라리 의(義)를 지키다가 죽는 것이 낫다.'고 하였으니, 이는 신하가 절개를 지키는 말일 뿐이네. 종묘사직의 존망은 필부(匹夫)의 죽고 사는 것과 다르거늘 이렇게 말하니, 나도 모르게 눈물이 뺨에 흘러내리네.』하였고, 또『안으로 정사(政事)를 닦는 본바탕은 오로지 근본에 달려 있으나 사람들마다 두려워서 피하고 감히 말하지 못하고는, 유독 중국과 의견을 맞추려는 말에 대해서 이렇게 공격하는 것은 두려움이 없기 때문이네. 내 생각으로는 근본이 바로서지 않으면 대의(大義)가 단독으로만 행해질 수 없는데다 또한 종주국(宗主國)의 멸망을 구할 수가 없어서 똑같이 나라를 망친 대부(大夫) 꼴이 되고 말까 두려우니, 어찌 후세 사람들의 책망을 면할 수 있겠는가?』하였고, 또『한탁주(韓侂胄)가 금

(金)나라를 친 것은 대의를 천하에 폈다고 할 만한데도, 선유(先儒 : 선대의 유학자)들은 종묘사직을 위태롭게 할 뻔했다고 하여 죄주었네. 장남헌(張南憲 : 송나라 張栻)은 금나라에 대한 복수를 평생 해야 할 일로 삼았으면서도 금나라를 치라고 하면 금나라를 쳐서는 아니 된다고 말했었네. 모두 이렇게 한 것은 종묘사직이 막중하여 때를 살피고 힘을 헤아려서 때에 맞춘 중도[時中之義]를 행한 것일 뿐이었네.』라고 하였사옵니다. 무릇 이 몇 가지의 말들은 어찌 오늘날 조정의 신하들이 마땅히 깊이 생각할 바가 아니겠사옵니까?

왜적(倭賊)이 8도를 유린하였고 두 능(陵 : 선능과 정능)을 욕되게 하였으니, 우리나라로서는 진실로 백세(百世)까지라도 반드시 갚아야 할 원수이었으나, 성혼(成渾)은 한 시대의 유종(儒宗 : 유학의 큰 학자)으로서 명나라 장수의 한마디 말로 말미암은 강화(講和)를 감히 아뢸 수 있는 계기를 마련하였으니, 이것이 어찌 원수를 잊고 임금을 저버려서 그런 것이겠습니까? 대체로 그 당시 일이 되어 가는 형편이 스스로에게 도저히 그만둘 수가 없어서일 것입니다. 만약에 단지 똑같은 말만 고수하고 임시방편에 따른 계책을 생각지 않았다면, 그 병화(兵禍)는 반드시 두 능이 변을 당하고 마는 데만 그치지 않았을 것이기 때문입니다. 성혼이 이미 비방을 받고 조정을 떠나자, 류성룡이 이어 화의를 견지하여 마침내 황신이 통신사(通信使)로 떠날 수 있었습니다. 하지만 류성룡이 실패한 다음에는 이덕형(李德馨)이 또 이전의 화의를 견지하였고, 이어서 송운(松雲: 사명당 유정)을 파견하여 허풍을 떠는 교묘한 말로 적의 마음을 누그러뜨려서 두어 달을 근근이 지탱하였는데, 이때 명나라 군사가 철수하자 왜적도 또한 군사를 거두어 돌아갔던 것입니다. 우리나라가 지금까지 보전한 것은 비록 명나라 조정이 구해준 은혜에서 나온 것이기는 하나 또한 앞서의 여러 신하들이 비방의 말을 피하지 않고 충성을 다하여 맡고나선 공(功)에서 말미암은 것이기도 합니다.

일이란 본디 명분이 아름다우나 실제는 그렇지 않은 경우가 있사옵니다. 위대한 순(舜)임금 같은 이는 부모에게 알리지 않고 장가를 들었사온데, 만일 아내를 맞이할 때 반드시 부모에게 고하는 것이라는 말로 순임금을 힐난하는 자가 있다면 순임금은 필시 대답하기가 어려울 것입니다. 태왕(太王: 古公亶父)이 적인(狄人)의 침략을 피해 빈(邠) 땅을 떠나가셨는데, 만일 나라의 군주는 사직을 위해 죽어야 하는 것이라는 말로 태왕을 책망하는 자가 있다면 태왕도 또한 필시 대답하기가 어려울 것입니다. 그러하오나 순임금과 태왕은 끝내 혹자의 말에 얽매이지 않고 스스로 인륜을 무너뜨리거나 나라를 망치는 길을 달게 받아들였습니다. 대체로 일을 수행하는 방도에는 정상적인 것[正道]과 임기응변적인 것[權道]이 있으며, 일에는 급히 처리해야 하는 것과 늦게 해야 할 것이 있으니,

때가 어디에 있든 의(義)도 때에 따라 달라집니다. 성인(聖人 : 공자)께서 ≪주역(周易)≫을 지을 때에 중도(中道)를 정도(正道)보다 귀하게 여긴 것도 진실로 이 때문입니다. 그러하오나 이치를 미혹됨이 없이 보고 덕을 어그러지지 않게 잡은 군자가 아니고서는 뉘라서 능히 알맞은 때를 짐작하고 소견을 굳게 지켜서 한 세상의 일을 처리하겠습니까?

이제 성혼의 편지에 있는 말로써 당시 그의 심사를 생각해보니, 사람으로 하여금 절로 눈물을 한바탕 뿌리게 합니다. 요즈음의 일은 또 그것과 크게 다른 면이 있습니다. 시기와 형편으로써 말하면 석진(石晉)의 병력처럼 강성하지도 않은데다가 또 임진왜란 때 명나라 군대와 같은 구원병도 믿을 수가 없으며, 의리로써 말하면 애초에 아들이니 신하니 칭하던 치욕이 없었던 데다가 조종의 잊기 어려운 원수도 아니었습니다. 만일 주자와 호씨(胡氏 : 호안국) 같은 두 어진 이와 성혼·류성룡·이덕형·이정암 등 여러 신하가 오늘날 다시 태어난다면, 그 옳고 그름과 잘잘못이 어디에 있는지를 결정하기가 어렵지 않을 것입니다. 오늘날 논의하는 자들은 모두 말하기를, "정묘년의 화친은 진실로 의리에 해가 되지 않았으나, 지금에 이르러서 오랑캐가 이미 외람되게도 천자의 호를 칭하였으니 다시는 서로 사신을 왕래할 수 없다."고 하니, 이 말이 그럴 듯합니다만 실로 깊이 생각지 않은 것이옵니다. 오랑캐가 정묘년에 맺은 형제의 맹약을 어기고 예(禮)에 맞지 않게 우리를 윽박지른다면, 의리상 본디 따라서는 결코 아니 될 것입니다. 지금 그러한 것도 아닌데다가 이웃나라로서의 예의에 따라 그대로 사용하고 있으니, 저들이 외람되게 천자의 호를 칭하거나 말거나 우리가 물어야 할 바가 아니거늘, 어찌 예의로써 이적(夷狄 : 오랑캐)을 책망할 수 있겠습니까? 논의하는 자들이 또 말하기를, "용골대(龍骨大) 차사(差使)를 내몰아 쫓은 것은 참으로 큰 실책이지만, 이미 가도(椵島)에 외교문서[咨文]를 보냈고 8도에 유시(諭示 : 백성들에게 알리는 글)를 내렸으니, 다시 무슨 말로써 오랑캐와 사신 왕래하는 것을 회복하겠는가?"고 하니, 이 말도 또한 그 하나만 알고 그 둘은 알지 못하는 것이옵니다. 이미 당초에 경솔히 거절한 것이 잘못이라고 여긴다면, 이제 와서 소급하여 고치는 것이 무슨 안 될 것이 있겠사옵니까? 성인의 말씀에 "허물이 있거든 고치는 것을 꺼리지 말라."고 하셨습니다. 스스로의 역량을 헤아리지 못하고 경망하게 큰 소리를 쳐서 개와 양 같은 오랑캐의 노여움을 함부로 도발하여 마침내는 백성이 도탄에 빠지고 종묘사직에 제사지내는 일조차 못하게 된다면, 그 허물이야말로 어느 것이 이보다 클 수 있겠사옵니까?

조정으로 하여금 선뜻 주장을 바꾸도록 하고, "처음에 너희가 분수도 모르고 거역한다는 말을 듣고서 몹시 미워하는 마음을 이기지 못하였고, 또 예에 맞지 않게 우리를 협박할까 염려하여 마침내는 차라리 나라와 함께 죽으려는 계획을 정했었다. 이내 너희 오랑캐 국서에 형제의 칭호를 잊지 않은 것을 보고서, 스스로 국력을 헤아리며 도리어 경솔히 거절한 것을 후회하게 되었으니, 곰곰이 긴 안목으로 생각하여 짐짓 번복하고자 하노라."고 말하게 하여, 이를 위로는 명나라 조정에 알리고 아래로는 백성들에 보인다면, 일처리가 명백할 것이니 그 누가 '그렇지 않다.'라고 하겠사옵니까? 신이 보건대, 근래에 조정의 크고 작은 정령(政令)이 조금 자주 변하여서 백성들에게 신뢰를 잃게 된 것이 심히 많은데도 바로잡아 고쳐야 한다고 발언한 자가 있었다는 소리를 듣지 못했습니다. 유독 국가의 안위와 관계된 일에 대해서는 기어이 하찮은 신의를 융통성 없이 고집하여, 강포한 오랑캐와의 틈을 앉아서 돋우는데도 아랑곳하지 않는 것은 무슨 까닭입니까? 이 또한 신이 이해할 수 없는 것입니다. 그러므로 신이 이렇게 기미책(羈縻策)을 말씀드리는 것은 감히 시비를 돌아보지 않고 한갓 이해에 관계된 말만 하여서 임금을 그르치려는 것이 아니옵니다. 시기와 형편을 참작하고 의리를 재량(裁量)하면서 선대 유학자들의 정론(定論)에 고증도 하고 조종(祖宗)께서 행하신 사적을 참고도 하여, 이렇게 하면 나라가 반드시 위태로울 것이고 저렇게 하면 백성을 보호할 수 있을 것이며, 이렇게 하면 도리에 해로울 것이고 저렇게 하면 사리에 합당할 것임을 더할 수 없이 충분히 헤아려보니, 기필코 그렇게 되리라는 것을 믿을 수 있었습니다.

늘 생각하건대, '우리의 국력은 고갈되어 가고 오랑캐의 병력은 오히려 강성하니, 우선 정묘년의 맹약을 지켜서 몇 년이라도 화를 늦추는 동안, 시간을 벌어 정치를 펴서 어진 정책을 시행하고, 민심을 수습하여 성을 쌓고 군량을 비축하며, 변방의 수비를 더욱 굳건히 하고 군사를 단속하여 동요함이 없게 하면서, 저들의 빈틈을 엿보는 것으로 우리나라의 계책을 삼으면 이보다 나은 것이 없을 것이다.'라고 여겼사온데, 이는 이미 평소 마음에 간직했던 것인데다 또 남들에게 거듭거듭 말해왔던 것이기도 합니다. 그러나 비방을 두려워하는 근심이 오히려 마음속에 절실하던 차에, 묘당의 의론도 또한 많이 신과 서로 비슷하다는 것을 듣고, 누구라도 비방을 나누어 받는 자가 있기를 바랐습니다. 용골대 차사(差使)가 객관(客館)에 머물고 있었을 때 처음 논쟁하였고 상호(商胡 : 오랑캐 상인)가 미처 도착하기 전에 다시 진언하였는데, 두 번 모두 은미한 뜻을 대강 보여 그 단초를 열었습니다만, 감히 말하고자 하는 바를 죄다 아뢰지 못하고 임금과 재상들의 처분을 기다렸사옵니다. 그런데 아뢴 말은 이미 효과가 없었던 데다 진언할 기회조차 여러 번 놓치고는 집에서 크게 탄식하게 되니, 마음의 병이 점점 심하여졌습니다.

어떤 이가 신에게 말하기를, "지금 여론이 한창 들끓으니, 채택되지도 않을 말만 하는 것은 아무런 이로울 것이 없다. 만약 억지로라도 벼슬길에 나아가 비국(備局)에서 주선한다면, 그래도 보탬이 없지 않을 것이다."고 하였습니다. 신도 또한 생각해보니 그의 말이 이치에 가까웠기 때문에, 다 죽어가는 몰골을 이끌고 한창 기세등등한 조정 대신의 의론을 거스르더라도 대궐에 들어가서는 탑전(榻前)에서 아뢰고, 나와서는 대신들과 논쟁하느라 입술이 타고 혀가 마르도록 스스로 그만둘 줄 몰랐습니다. 무릇 이와 같이 하는 것이 어찌 다른 뜻이 있어서이겠습니까? 진실로 종사(宗社 : 종묘사직)와 나라가 위태로워지는 것을 근심할 뿐, 일신의 이해(利害)를 다시 헤아릴 겨를이 없었습니다. 조정(朝廷)에 참으로 측은해하는 마음을 가진 자가 있다면 의당 애처롭고 불쌍히 여겨야 하거늘, 그런데도 도리어 성난 눈으로 서로 보며 행여 뒤질세라 공격하니 또한 유독 무슨 마음에서였겠습니까? 호역(胡譯 : 만주어 역관)을 들여보내지 않는다면 그만이겠지만 보낸다면 일각(一刻)이 급하옵니다. 그런데 주상께서는 의론이 정해진 뒤에도 아직 여전히 이리저리 둘러대기만 하시면서 난색을 보이시니, 젊은 신진들의 의론으로 하여금 그 사이의 틈바구니를 엿볼 수 있게 하는 것입니다. 서울 떠나는 것이 늦게 되면 될수록 용만(龍灣)에 머물러 있는 것이 또한 그만큼 오래일 것입니다. 요사이 서쪽 변방의 소식을 듣건대 오랑캐가 이미 소굴로 돌아갔다고 하니, 아마도 훗날 백해무익(百害無益)한 근심거리가 있을 듯합니다. 화친하는 일은 이미 가망이 없고, 정세(情勢)상 장차 앉아서 병화(兵禍)를 기다리고 있는 꼴이니, 이 지경에 이르러서는 지나치게 신중을 기한 묘당에 대해 유감이 없을 수 없으며, 젊은 신진들의 과격한 주장은 또한 깊이 나무랄 것도 못 될 것입니다.

예로부터 간신(姦臣)의 죄목은 말할 수 있사옵니다. 곧, 임금의 눈과 귀를 가리는 일, 충성스럽고 어진 신하를 모함하여 해치는 일, 권세를 부려서 뇌물을 받는 일, 개인적인 이해관계에 따라 당파를 짓는 일, 자기의 사사로운 은혜를 갚고 원한을 보복하는 일 등 몇 가지가 그것이옵니다. 신은 10년 동안 성군(聖君)을 만나서 극진한 대우와 총애를 유달리 받았고, 여러 차례 외람되게도 전형(銓衡 : 吏曹)의 직임을 맡아 중요한 자리에 오랫동안 있으며 마음에서 우러나와 일 처리한 것이 적지 않았습니다. 비록 재주가 용렬하고 식견이 천박하여 도움이 되지 못한 것이 있었어도, 또한 '조심하고 두려워하고 삼가서 나라를 위해 힘쓸 줄만 알았고 다른 마음은 없었다.'고 스스로 생각하는데, 그것이 다행히도 간신의 죄목을 면할 수 있었음은 길가는 사람도 더러 알 것입니다. 신(臣)에게 과연 그와 같은 죄상이 있다면, 어찌 낱낱이 들어 밝혀서 나라의 형벌을 바루지는 않고, 오히려 말하는 사이에 우연히 받들어 살피지 못한 곳을 애써 찾아냈다가 기회를 틈타 가만히 도발하며 제멋대로 소인(小人 : 도량이 좁고 간사한 사람)이라는 이름을 덧붙인단 말입니까? 지난날 선묘조(宣廟朝 : 宣祖)에 당시의 사람들[時輩 : 東人을 지칭하는 듯]이 이이(李珥)를 매우 시기하였는데, 그의 죄상을 찾지 못하다가 마침내 공의(公議)를 진언하는 가운데 생긴 하찮은 일을 들추어내어 시기를 틈타서 비방하는 말을 만들어내고는, 그를 가리켜 '권세를 제멋대로 부리고 주상을 업신여겼다.' 하고, 우매한 언관(言官 : 諫官)들을 은밀히 사주하여서 그를 공격하여 조정에서 떠나도록 하는 계기를 만들었습니다. 오늘날 조정에도 또한 이와 같은 광경이 있지 않다고 하실 수 있겠습니까? 소인배들의 정상(情狀)은 변화가 무상하여 따져서 헤아리기가 아주 어렵습니다. 이를 테면, 봉덕이(封德彝)가 수(隋)나라에서는 아첨하다가 당(唐)나라에서는 충성하였으며, 양외(楊畏)는 마음이 희풍(熙豐 : 송나라 神宗의 연호 熙寧과 元豐, 1068~1085)에 있었으나 몸이 원우(元祐 : 송나라 哲宗의 연호, 1086~1094)에 있었으니, 형세에 따라 오르락내리락하며 오직 명리(名利)만 좇아서 다닌 것입니다. 때문에 권세가 임금에게 있으면 임금에게 영합하여서 총애를 받고, 권세가 조정에 있으면 당(黨)에 빌붙어서 사욕(私慾)을 달성하는 것입니다. 지금의 조정에는 마침 소인이 없습니다만, 만약 과연 소인이 있다고 한다면 필시 명예를 좋아하는 자들 중에서 나올 것이니, 장차 남에게 아첨하거나 부의(浮議 : 근거 없는 公論)를 통해 헛된 명예를 낚아 취하면서 온화한 얼굴로 담소하며 큰 권력을 거저 쥘 것입니다. 어찌하여 한사코 유독 자기 견해만을 고집하여 뭇사람의 노여움을 거스르고 한 세상 고립무원이 되어 자주 곤란을 겪게 되는데도 뉘우칠 줄 모를 수 있단 말입니까? 세간에 어찌 이와 같은 우매한 소인이 있겠사옵니까?

아, 남송(南宋) 때 화친을 주장한 자는 재앙을 나라로 돌리고 이익을 자신에게로 돌아가게 했지만, 지금 화친을 주장하는 자는 재앙을 자신에게 돌리고 이익을 나라로 돌아가게 합니다. 이것을 가지고 말하건대, 사람의 어질고 간사함, 일의 옳고 그름 등을 알기가 어렵지 않사옵니다. 군자가 믿는 것은 마음이옵니다. 제 마음에서 허물을 찾아도 부끄러움이 없다면 비방이든 칭찬이든 그 어떤 것이 찾아온들 단지 외물(外物 : 인간의 외적 요소)일 뿐입니다. 하물며 신에게 죄가 있는지 죄가 없는지는 성상(聖上)께서 밝게 살펴 잘 아실 것이므로 본심을 숨길 수가 없습니다. 그리고 신이 한 번 아뢴 뒤로는 대론(臺論 : 대각의 탄핵)이 곧바로 멈추었으니, 공의(公議 : 公論)가 어떻다는 것을 알 만합니다. 신하의 도리를 다하는 것 외에 다시 무슨 말을 하겠사옵니까?

다만 신이 앓고 있는 병은 이미 거의 1년이 다 되어 갑니다. 처음에는 가을 기운이 서늘해진 뒤면 혹시라도 조금 나을 가망이 있을 것으로 여겼지만, 추운 계절이 점점 깊어지면서 증세가 위독하여 진원(眞元 : 眞氣와 元氣)이 이미 깎여 줄어들고 다만 부열(浮熱)만 있을 뿐입니다. 밤이면 눈을 감고 취침하는 것이 2시간에 불과하며, 낮이면 하루 동안 먹는 것이 몇 홉 미만이니, 정신이 흐릿하고 분명하지 않아 마치 꿈속에 있는 듯합니다. 게다가 왼쪽이 기운 없어져 마비증상이 나타나 이미 고질병이 되매, 서늘한 바람을 조금만 쐬면 눈썹이 절로 움직이고 손과 발이 경련을 일으켜 항상 거꾸로 매달린 듯한 상태로 있습니다. 스스로 기력을 헤아리건대, 비록 고요한 곳에서 조리를 잘한들 몇 년간 목숨을 지탱하는 데에 불과할 것입니다. 그리고 만일 억지로 힘써서 문밖을 나가 일반 사람처럼 행한다면, 열흘이 넘지 않아서 큰 병이 다시 도져 죽을 것이 틀림없습니다. 평소 나라의 은혜에 보답하려 했던 계획이 온 데간데없게 되었으니, 처음 먹었던 마음을 생각해 볼 때 절로 슬프고 애석할 뿐입니다.

이상은 모두 신의 실상(實狀)이고 본심입니다. 주상께서 밝은 지혜로 굽어보실지니, 어찌 감히 한 터럭만큼이라도 속이겠습니까? 삼가 바라건대, 전하께서는 정세를 굽어 살피시어 신의 본직(本職) 및 겸임한 경연(經筵)·춘추빈객(春秋賓客)·내국(內局)·비변 제조(備邊提調) 등의 책임을 체차(遞差 : 다른 사람으로 바꾸는 일)하셔서, 어리석은 저의 본분을 편안하게 해주시고 하찮은 목숨을 살려주신다면, 지금부터 죽을 때까지의 삶은 모두 성상(聖上)께서 내려 주신 것이옵니다. 진언하면 할수록 눈물이 따라 흐르니 스스로 말을 가릴 수가 없사옵니다. 재결(裁決 : 옳고 그름을 가려 결정함)하여 주소서.

丙子封事 [第三]

伏以臣不量時勢, 妄陳愚見, 重被臺評,[1] 幾陷不測, 幸賴聖明[2]洞察臣之本情, 委曲分釋, 靡有餘蘊[3]。 雖使臣自爲辨明, 無以過此, 感激恩眷,[4] 涕淚交流。 破腦刳肝, 豈足仰報?

臣以不才無狀, 致身崇品,[5] 福祿太過, 災眚[6]自至, 疾病沈痼, 詆謗交集, 固已無復當世之念。 第有區區之危悃,[7] 尙未盡暴於天日之下[8]者, 卽欲都無一言而退, 亦有所煩冤懣鬱而不容自已者矣。

臣稟性輕脫, 不曉機關[9], 尋常對人言語, 悉露悃愊,[10] 靡所隱蔽。

---

1) 評(평) : 論劾. 잘못이나 죄과를 논하여 꾸짖음.
2) 聖明(성명) : 임금의 밝은 지혜를 이르는 말.
3) 餘蘊(여온) : 다 드러내지 못한 헤아림.
4) 恩眷(은권) : 임금의 총애.
5) 崇品(숭품) : 종1품 이상을 뜻하는 말. 품계 이름에 모두 '崇' 자가 있기 때문에 붙은 말이다.
6) 災眚(재생) : 재난. 뜻밖에 당하는 불행한 일을 말한다. 《주역》<雷山小過卦>의 "상육은 만나지 아니하여 지나니, 나는 새가 떠남이라. 흉하니, 이를 이르되 災眚이라. 상에 가로되 '弗遇過之'는 이 높음이라.(上六, 弗遇過之, 飛鳥離之. 凶, 是謂災眚. 象曰 : 弗遇過之, 已亢也.)"를 염두에 둔 표현이다.
7) 危悃(위곤) : 절박한 심정.
8) 天日之下(천일지하) : 聖君의 밝은 治世를 비유하여 이르는 말.
9) 機關(기관) : 세상에 대해서 이렇게 해볼까 저렇게 해볼까 하는 마음. 속셈이나 권모술수를 일컫는다.

至於登對之際, 尤是愼言[11]之地, 而率爾[12]之性, 不能矯揉,[13] 每以屋下所常言[14]者, 仰達於天聽, 動觸時諱。加以拙於口語, 心之所存, 不能形之於口, 臨當入侍, 預爲思量所欲上達之事, 暗記於心上, 如宿搆[15]文字, 則亦能稍成頭緒[16]。如或卒然承問, 信口而對, 則例多顚錯[17], 殆不成說話。或不能諦聽天語, 往往失其下問之意, 退而思之, 方始知悔。此皆臣不能修辭之病, 非不自知甚明, 而臨場如醉, 不覺其謬。上年筵中, 因一言妄發, 見攻於嶺南士子,[18] 費了許多文字, 僅得自明, 至今思之, 心膽猶寒。知臣病痛者, 常戒臣曰："如有所懷, 可具文字上達, 愼勿於榻前開口," 臣亦痛自懲艾[19], 刺舌久矣。

頃日再次入侍,[20] 只欲陳達邊事而已。愚妄無狀, 頓忘前戒, 又復妄發, 自觸禍機, 惟口興戎,[21] 豈不信哉? 申恦[22]輩所怒於臣者, 未知何

---

10) 悃愊(곤픽) : 진실하여 꾸밈이 없음.
11) 愼言(신언) : 말을 함부로 하지 않고 삼감.
12) 率爾(솔이) : 말이나 행동이 신중하지 못하고 가벼움.
13) 矯揉(교유) : 결점을 고침.
14) 屋下所常言(옥하소상언) : 屋下私談. 처마의 私談이라는 뜻으로, 쓸데없는 사사로운 이야기를 이르는 말.
15) 宿搆(숙구) : 詩文 따위를 오래전부터 구상함.
16) 頭緒(두서) : 일의 차례나 갈피.
17) 顚錯(전착) : 앞뒤를 뒤바꾸어 어그러뜨림.
18) 嶺南士子(영남사자) : 영남유생 朴𤊾 등을 가리킴. 이때의 사정은 ≪遲川先生集≫ 권11 <因朴𤊾疏自辨疏>를 보면 알 수 있는데, 1635년 8월 9일 書講에서 최명길이 이이와 성혼의 문묘종사에 관해 표명한 의견에 대해 영남유생들의 공박이 있었던 것으로 보인다.
19) 懲艾(징예) : 징계하여 다스림.
20) ≪인조실록≫에 따르면, 1636년 9월 19일 書講에 입시한 것을 일컬음.
21) 惟口興戎(유구흥융) : ≪서경≫ <虞書・大禹謨>의 "입에서는 좋은 말도 나오지만

事? 而啓辭中旣以屛去承旨一款爲臣罪目,[23] 則臣不得不據其所言而辨
之也。

臣常念祖宗定官制[24]也, 三司[25]之職五六品居多, 皆以年少新進充
之, 蓋欲藉其耳目之捷敏, 志氣之果銳, 以資助治道。君上有失德則爭
之,[26] 宰相有不法則[27]規之。雖有過激, 例加寬貸, 不使摧折其氣者,
所以開其敢言之路也。至於國家大計, 關係安危者, 則自有老成[28]大
臣, 與列卿[29]諸宰, 量度機宜, 稟旨處置, 非年少輩所敢與。臣及仕宣
廟朝, 未見三司之官擅議[30]軍國之政, 及至聖上臨御,[31] 優容諫臣, 大
開言路, 固是淸朝之美事, 而未免有政歸臺閣[32]之歎。朝家有大段處

전쟁도 일으키는 것이니, 나는 더 말을 하지 않겠소.(惟口出好興戎, 朕言不再.)"에
　서 나온 말.
22) 申恦(신상, 1598~1662) : 본관은 平山, 자는 孝恩, 호는 恩休窩. 대사성 申敏一의
　아들이다. 인조반정 후인 1629년 별시문과에 병과로 급제, 1636년 정언이 되어
　병자호란 때 廟社를 따라 강화에 피난하고 강화 함락 때는 世子嬪의 위급을 면
　하게 하였다. 이듬해 斥和를 주장하다 면직되어 원주에 머물면서 독서에 힘썼으
　며, 후에 사면되었다.
23) 이 대목은 ≪인조실록≫ 1636년 9월 27일조 1번째 기사에 나옴. 최명길이 '국가
　의 대사는 심복 대신과 더불어 은밀하게 논의해야 하고 승지와 사관도 물리쳐야
　한다.'고 했다면서, 사간원이 '승지는 喉舌의 직책으로 왕명을 출납함에 잠시도
　임금의 곁을 떠날 수 없는 것'이라며 최명길의 처사에 대해 비판하고 있다.
24) 官制(관제) : 국가의 행정 조직 및 권한을 정하는 법규.
25) 三司(삼사) : 임금에게 직언하던 세 관아. 사헌부, 사간원, 홍문관을 이른다.
26) 爭之(쟁지) : 諫爭. 임금에게 옳지 못하거나 잘못된 일을 고치도록 간절히 말함.
27) 規之(규지) : 規諫. 옳은 도리나 이치로써 웃어른의 잘못을 고치도록 말함.
28) 老成(노성) : 많은 경험을 쌓아 세상일에 익숙함.
29) 列卿(열경) : 대개 정3품 이상의 벼슬을 말함.
30) 擅議(천의) : 제멋대로 의논하여 결정함.
31) 臨御(임어) : 임금이 그 자리에 왕림함.

置, 大臣不能自斷, 動爲浮議所制, 朝廷不尊, 國體日輕, 至於今日而其
弊極矣。

試以近事言之。羅德憲33)之使奴也。假令實有所失，亦宜稍存斟酌，
從容議罪，不使宣露，方合爲國諱惡之義。況其抗禮34)不屈，捐棄汗書，
事狀明白，在人耳目者乎? 竊聞當初狀啓之來，廟堂至有褒賞之意，而
橫議35)卒發，勒加36)以屈膝虜庭之罪。夫藩國37)使臣，屈膝僭逆之奴，
豈是國家美事，而喧然相傳，若聞好語? 如有明其不然者，則勃然大怒，
此豈人之性情哉?

至於入送胡譯，傳致國書，以明絶和之端不自我始者，臣之所見，自
初如此，故再次箚陳，而未蒙採施。勅使到館之明日，卽發偵探行間38)

---

32) 臺閣(대각) : 사헌부와 사간원을 통틀어 이르던 말. 여기에 홍문관 또는 규장각을
　　더하기도 한다.
33) 羅德憲(나덕헌, 1573~1640) : 본관은 羅州, 자는 憲之, 호는 壯巖. 1636년 春信使
　　로 李廓과 함께 瀋陽에 갔을 때 後金의 太宗이 국호를 淸으로 개칭하고 皇帝라
　　칭하며 즉위식을 거행하면서 경축반열에 참석을 요구, 이에 완강히 거절하여 구
　　타를 당하였다. 그가 끝까지 거부하자 다시 볼모를 요구하는 국서를 주어 돌려
　　보내려 하였고 그는 내용을 알기 전에는 받을 수 없다고 받지 않아 100여 명의
　　淸의 騎兵으로 通院堡까지 호송되었다. 호송이 풀리자 국서를 胡人에게 맡기고
　　돌아왔다. 이 사실을 안 三司와 趙復陽을 비롯한 太學生들이 皇帝僭稱을 받았다
　　하여 탄핵하였으나, 당시 이조판서 金尙憲의 변호로 극형을 모면하고 白馬山城으
　　로 유배되었다. 병자호란 뒤 당시 賀禮를 거부한 사실이 밝혀져 三道統禦使로 특
　　진되었다.
34) 抗禮(항례) : 동등한 자격으로 대우받는 것으로, 대등한 예를 일컫는 말
35) 橫議(횡의) : 빗나가는 의론.
36) 勒加(늑가) : 억지로 덮어씌움.
37) 藩國(번국) : 명나라에 대하여 우리나라를 일컫는 말.
38) 行間(행간) : 간첩 등을 보내어 이간시킴.

之言, 懇懇不已。若非中朝所知, 則爲勅使者, 何敢擅以軍機重事, 洩之於藩國乎? 夫我國旣不能興兵擣穴, 以除天下之害, 至於行計之請, 又拒之而不從, 則不但勅使之落莫, 卽中朝聞之, 亦必大以爲怪。然則, 雖知其事之齟齬, 其勢固不得不許。況觀勢乘便, 不無可圖之事者乎? 故於榻前[39]下問之日, 大臣諸宰之言, 不謀而同, 旣以此復[40]於勅使, 而勅使又將歸奏天子。至於謄示奏稿, 又於碧蹄[41]餞宴之日, 面囑[42]大臣, 益致丁寧之意, 誠非偶然計也。此蓋天朝之人, 目見我國兵力單弱, 決不可與虜相抗, 故不以他事望我, 而付以用計之策。觀其揭帖[43]所云：'保境息民, 固是人情, 陽施陰設, 以示不測.'等語, 則其意固可見矣。而二三年少, 不有勅使之深慮, 不計廟堂之苦心, 肆然陳啓,[44] 歸咎朝廷, 以'欺吾民負皇朝.'等語, 發諸朝報,[45] 傳播遠近, 未知何者爲欺吾民, 何者爲負皇朝乎?

我國西有瀋陽, 傍有椵島,[46] 而彼皆竊購朝報, 窺覘國情, 臺諫[47]啓辭措語, 不可不愼重者如此。而今以年少輩妄言之故, 將得謗於皇朝,

---

39) 榻前(탑전) : 왕의 자리 앞. 여기서는 주상을 일컫는다.
40) 復(복) : 대답하다 또는 사뢰다의 뜻.
41) 碧蹄(벽제) : 경기도 고양시 덕양구에 있는 지명.
42) 面囑(면촉) : 직접 대면하여 부탁함.
43) 揭帖(게첩) : 문서.
44) 陳啓(진계) : 임금에게 사리를 가려서 아뢰던 일.
45) 朝報(조보) : 승정원에서 재결 사항을 기록하고 書寫하여 반포하던 관보. 조칙, 章奏, 조정의 결정 사항, 관리 임면, 지방관의 狀啓를 비롯하여 사회의 돌발 사건까지 실었다.
46) 椵島(가도) : 평안북도 철산군 가도리에 딸린 섬. 皮島라고도 한다.
47) 臺諫(대간) : 대관과 간관을 아울러 이르던 말.

見疑於隣敵。證父攘羊,[48] 直則直矣, 而聖人猶且不許, 況其父初不攘羊, 而其子誣引[49]以證之, 豈不大悖於理哉?

羅德憲之事, 都督適因假獶之言, 詳知實狀, 至於奏聞, 則天下之疑, 固已氷釋矣。今此欺皇朝之語, 顯發於我國臣子之口, 而又無傍觀立證之人, 將使國家, 何以自解於天朝乎? 士夫好名, 亦固美意, 而其流之弊, 乃至於此, 臣之憂悶痛迫, 實在於斯。而入侍之日, 仰聆天語, 實與臣之所憂相合, 而爲其言事之人, 不敢顯斥其非, 但曰 : "此等軍機重事, 貴在神祕, 只當與腹心大臣密議處之, 雖承旨內官, 皆不可聞也." 因擧丁卯三司啓請[50]夜擊之事, 以證我國機事不密之一端, 古人所謂 '有爲而言之'者也,[51] 非謂國家大小事, 皆可斥去承旨, 而獨與大臣議也。其他所陳, 亦莫非憂悶世道, 發自眞情, 少無他意於其間。

---

48) 證父攘羊(증부양양) : ≪논어≫ <子路篇>에 나오는 直躬의 고사. "섭공이 공자에게 말하기를 '우리 향리에 행동을 곧게 하는 사람이 있는데, 그 아비가 양을 훔치자 아들이 관가에 고발했다.'고 하자, 공자는 '우리 향리의 곧은 사람은 이와는 다르다. 아비가 자식의 나쁜 일을 숨기고, 자식은 아비의 나쁜 일을 숨기니, 곧음은 그 가운데에 있는 것이다.'고 했다.(葉公語孔子曰 : '吾黨有直躬者, 其父攘羊, 而子證之.' 孔子曰 : '吾黨之直者, 異於是, 父爲子隱, 子爲父隱, 直在其中矣.')"이다.

49) 誣引(무인) : 죄 없는 자를 죄가 있다고 끌어들임.

50) 啓請(계청) : 奏請. 임금에게 아뢰어 청하던 일.

51) ≪맹자≫ <離婁章句 上>의 "사람이 그 말을 가볍게 하고 함부로 하는 까닭은 그 失言의 꾸짖음을 당하지 않아서이기 때문이다. 대저 사람의 情은 그 전에 징계한 바가 없었다면 그 뒤에는 말을 함에 경계하는 바가 없다. 군자의 학문함이 반드시 꾸짖음이 있기를 기다린 뒤에 감히 그 말을 쉽게 함부로 하지 않는다고 말씀한 것은 아니다. 그러나 이것은 아마도 그때 특정한 사람을 두고 이유가 있어서 말씀하신 것이리라.(人之所以輕易其言者, 以其未遭失言之責故耳. 蓋常人之情, 無所懲於前, 則無所警於後. 非以爲君子之學, 必俟有責而後不敢易其言也. 然此豈亦有爲而言之與?)"에서 나온 말.

不料年少輩, 不能平心聽言, 就臣多少說話中, 摘取一句無情之語, 藉爲口實, 欲擠之於罔測之地, 人心之危險, 一至此哉? 夫不聞話端之所自, 不察本情之所在, 截斷首尾, 拈出單辭片語, 以爲疵病,[52] 則雖聖經賢傳[53]之言, 亦必有可疑處, 況於臣之素不擇言者乎? 今日攻臣之論, 出於若干年少之口, 而擧朝靡然,[54] 或相和附。其間, 非無知臣誣枉[55]者, 而環立相視, 終不敢明臣心事者, 無他, 一開口, 則相隨而入於和議科臼中故也。此見主和二字, 爲臣一生身累[56]。然於臣心, 尙未覺今日和事之爲非, 請以前後榻前所陳之意, 反覆而明之。

蓋石晉[57]高祖[58]之起兵河東也, 桑維翰[59]勸令稱子稱臣於契丹, 借兵以取中國。事成之後, 事契丹盆恭, 其爲中國之羞辱, 莫此爲甚。出帝[60]卽位, 景延廣[61]建議去臣稱孫, 言於契丹使曰："翁怒則來戰, 孫

---

52) 疵病(자병) : 결점. 흠.

53) 聖經賢傳(성경현전) : 유학의 聖賢이 남긴 글. 聖人의 글을 '經'이라고 하고, 賢人의 글을 '傳'이라고 한다.

54) 靡然(미연) : 어떤 세력을 붙좇아 따르는 모양.

55) 誣枉(무왕) : 죄 없는 사람을 굳이 모함함. 터무니없는 거짓.

56) 身累(신루) : 자기의 허물.

57) 石晉(석진) : 石敬瑭의 後晋을 가리킴.

58) 高祖(고조) : 石敬瑭(892~942)을 가리킴. 중국 五代 後晉의 건국자(재위 936~942). 後唐(923~936)의 河東節度使로서 최고의 세력가였던 그는 명종의 후계자와 반목이 생기자 거란에 신하로 복종하고 아들이라 스스로 칭하며 세공을 바쳐 그 원조로 반란을 일으켰다. 즉위 뒤 굴종외교를 취하면서 주로 국내 통일에 주력하고 집권을 도모했다.

59) 桑維翰(상유한) : 석경당의 부하이자 모사. 자는 國僑. 벼슬은 中書令을 지냈다. 석경당의 동의를 얻어 기초한 거란의 출병 동의안에는 거란에 대해 '臣'이라 칭하고 父禮로 모신다는 내용과, 또 승리하는 날에는 燕雲 16주의 할양이 약속 등이 포함되어 있었다고 한다.

有十萬橫磨劍以待之." 桑維翰屢請遜辭以謝契丹, 出帝不聽。蓋其時
石晉兵力, 不下於契丹, 而稱臣之辱, 實天下之人所共憤, 則桑維翰之
諫, 宜其不能入也。其後契丹連歲入寇, 輒爲晉所敗, 河上之戰, 澶州
之戰, 相州之戰, 陽城之戰, 定州之戰, 石晉之威, 亦已少伸。而契丹之
怒, 囂然未已, 中國罷敝, 不能自存, 始乃遣使請復稱臣, 契丹不許。及
三年, 契丹大擧入寇而石晉遂亡。

夫桑維翰之諫, 近於智矣。而當初失計, 導主臣虜, 以基中國之難。
景延廣之言, 近於正矣。而不度時宜, 輕開虜釁, 以致覆亡之禍。其事
雖殊, 厥罪惟均。故朱子[62]綱目,[63] 削其官而兩貶之。向使維翰初無
臣虜之罪, 只有諫止之言, 則將爲石晉之忠臣, 豈有與亡晉之延廣, 同
被貶削之理乎? 且見先儒胡氏之論[64]曰 : "卽事而言, 延廣亡晉之罪無

---

60) 出帝(출제) : 後晉의 2대 황제. 석경당의 조카 石重貴. 거란에 반기를 들어 전쟁을
   일으켰고, 그 결과 947년 거란에 의해 수도인 開封이 점령당하며 멸망하였다.
61) 景延廣(경연광) : 중국 後晉의 정치가. 자는 航川. 거란이 후진에게 신하의 예를
   요구하자, 경연광은 신하의 호칭을 없애고 손자라고만 칭하는 '去臣稱孫' 강경책
   을 내세우며 전쟁도 불사한다고 했지만, 이내 거란이 쳐들어왔을 때 鎭門을 닫
   고 나오지 않다가 끝내 거란에게 패하였다. 그도 포로로 잡혔다가 자살하였다.
62) 朱子(주자, 1130~1200) : 중국 남송의 유학자. 이름은 熹, 자는 元晦, 호는 晦庵.
   주자는 존칭이다. 주자학을 집대성하였다.
63) 綱目(강목) : 《資治通鑑綱目》을 가리킴. 송나라 朱熹가 쓴 역사서. 59권이다. 줄
   여서 '통감강목' 또는 '강목'이라고도 한다.
64) 《資治通鑑綱目》 권57 中, <晉·天福 8년·春二月,晉聞遼將入攻, 遂還東京>의
   "그가 처리한 일을 가지고 논한다면 경연광이 후진을 멸망하게 한 죄는 용서받
   을 수 없는 것이라고 하겠지만, 그가 지닌 마음을 가지고 논한다면 후진의 입장
   에서 오랑캐를 아버지로 섬기는 것에 대해 중외의 인심이 모두 편하게 여기지
   않고 있었기 때문에 개연히 일어나서 한번 말끔하게 씻어보려고 한 것이다. 그
   런데 깊이 생각하지 않고 경솔하게 우호관계를 단절함으로써 자연히 흔단이 생

可贖者, 卽情而論, 以晉父事契丹, 中外人心皆不能平, 故慨然欲一洒
之。而不思輕背信好, 自生釁端。狹中淺謀, 一朝之忿, 忘其身以及其
君。如使延廣65)慮善而動, 動惟厥時,66) 姑守前約, 內修政事, 則不出
數年, 可以得志。夫以義理言之, 則以天子之尊, 父事夷狄, 其在石晉
臣子, 猶有所不堪。況以胡氏學術之正, 尊中國攘夷狄, 乃其一生事業,
則立言著論,67) 追議前代得失於百年之後, 有何一分顧藉? 而乃以'輕
背信好·姑守前約'等語, 反覆抑揚, 多所嗟惜, 恕其心而罪其迹, 若是
者何哉?

　蓋以人臣爲其君謀國, 而不存遠慮, 果於自用, 以致亡人之國, 則其

기게 하고 말았다. 조정의 대신들이 그 계책에 동의하지 않고 장수들이 다른 뜻
을 지니고 있는 가운데, 임금의 덕은 치졸하기만 하고 백성의 힘은 고갈된 상태
에서 그만 오랑캐와 싸우려고 하였으니 어떻게 그 끝을 좋게 마칠 수 있었겠는
가. 좁은 마음과 천박한 계책을 지니고서 하루아침의 분노를 참지 못한 나머지
자기 몸을 망친 것은 물론 그 화가 임금에게까지 미치게 하였다. 아, 가령 경연
광이 '도리상 타당하다고 생각되거든 행동을 하되, 오직 때를 살펴서 행동으로
옮겨야 한다.'는 의리를 알고서, 우선 예전의 맹약을 지키며 안으로 정사를 제대
로 닦았던들 3, 4년이 지나지 않아서 북쪽 오랑캐에게 뜻을 펼 수 있었을 것이
다.(胡文定公曰 : 卽事而論, 延廣亡晉之罪, 無可贖者, 卽情而論, 則以晉父事虜, 中外
人心, 皆不能平, 故慨然欲一灑之. 而不思輕背信好, 自生釁端. 公卿不同謀, 將帥有異
意, 君德荒穢, 民力困竭, 乃與虜鬪, 何能善終? 狹中淺謀, 一朝之忿, 亡其身以及其君.
嗟夫! 使延廣知慮善以動, 動惟厥時之義, 姑守前約, 而內修政事, 不越三四年, 可以得
志於北狄矣.)"에서 인용함. 이는 胡安國(1074~1138)이 한 말이다. 그는 중국 宋나
라의 유학자로 자는 康侯, 시호는 文定이다.

65) 如使延廣(여사연광) : ≪資治通鑑綱目≫에는 "嗟夫! 使延廣知"로 되어 있음. '知'가
　　있어야 문맥이 매끄럽다.

66) 慮善而動, 動惟厥時(여선이동, 동유궐시) : ≪서경≫ <說命 中>의 "慮善以動, 動惟
　　厥時."에서 나온 말.

67) 立言著論(입언저론) : 훌륭한 말과 글을 후세에 남기는 것.

事雖正, 而其罪有不可逃故也。 曾在宣廟朝甲午年間, 天朝諸將, 倦於
用兵, 始有講和退賊之計。 令我國奏請天朝, 故臣成渾[68]首陳可許之
意, 而論者[69]譁然非之。 及全羅監司李廷馣,[70] 繼發講和之言, 將被重
罪, 渾與時相柳成龍,[71] 獨憐其忠, 約於上前同辭救解[72]。 渾先曰:

---

68) 成渾(성혼, 1535~1598) : 본관은 昌寧, 자는 浩原, 호는 默庵·牛溪. 1594년 石潭
精舍에서 서울로 들어와 備局堂上·좌참찬에 있으면서 <편의시무14조>를 올렸
다. 그러나 이 건의는 시행되지 못하였다. 이 무렵 명나라는 명군을 전면 철군시
키면서 대왜 강화를 강력히 요구해와 그는 영의정 柳成龍과 함께 명나라의 요청
에 따르자고 건의하였다. 그리고 또 許和緩兵(군사적인 대치 상태를 풀어 강화
함)을 건의한 李廷馣을 옹호하다가 선조의 미움을 받았다. 특히 왜적과 내통하며
강화를 주장한 邊蒙龍에게 왕은 비망기를 내렸는데, 여기에 有識人의 동조자가
있다고 지적하여 선조는 은근히 성혼을 암시하였다. 이에 그는 용산으로 나와
乞骸疏(나이가 많은 관원이 사직을 원하는 소)를 올린 후, 그 길로 사직하고 연
안의 角山에 우거하다가 1595년 2월 파산의 고향으로 돌아왔다.
69) 論者(논자) : 物議. 어떤 일에 대하여 많은 사람이 이러쿵저러쿵 논평하는 사태.
대개 부정적인 뜻으로 쓰인다.
70) 李廷馣(이정암, 1541~1600) : 본관은 慶州, 자는 仲薰, 호는 四留齋·退憂堂·月
塘. 1592년 임진왜란이 일어날 때 이조참의로 있었는데, 선조가 평안도로 피난
하자 뒤늦게 扈從했으나 이미 체직되어 소임이 없었다. 아우인 개성유수 李廷馨
과 함께 개성을 수비하려 했으나 임진강의 방어선이 무너져 실패하고 말았다.
그 뒤 황해도에서 의병을 모집하여 활약하여 공을 세워 황해도관찰사 겸 순찰사
가 되었고, 1593년 병조참판·전주부윤·전라도관찰사 등을 역임하고, 1596년
충청도관찰사가 되어 李夢鶴의 난을 평정하는 데 공을 세웠다. 그러나 죄수를
임의로 처벌했다는 누명을 쓰고 파직되었다가 다시 지중추부사가 되고, 황해도
관찰사 겸 도순찰사가 되었다.
71) 柳成龍(류성룡, 1542~1607) : 본관은 豊山, 자는 而見, 호는 西厓. 왜란이 있을 것
에 대비해 형조정랑 權慄과 정읍현감 李舜臣을 각각 의주목사와 전라도좌수사에
천거하였다. 그리고 경상우병사 曹大坤을 李鎰로 교체하도록 요청하는 한편, 鎭
管法을 예전대로 고칠 것을 청하였다. 1592년 일본이 대거 침입하자 병조판서를
겸하고 도체찰사로 軍務를 총괄하였다. 이어 영의정이 되어 왕을 扈從, 평양에
이르러 나라를 그르쳤다는 반대파의 탄핵을 받고 면직되었다. 의주에 이르러 평

“廷 献之言, 乃以伏節死義73)爲心者也.” 宣廟大怒, 渾惶恐謝罪, 柳成龍遂不敢言而退。

自此攻渾之論益急, 章疏74)紛紜, 至有‘早正王法, 以謝後世’75)等語。不惟時議如此, 爲渾門生者, 亦頗致疑於渾。渾以書往復自解, 其答申應矩76)書曰 : “人之所見, 必有誤入於前, 然後發爲言論, 貽害於後。鄙見每謂‘事有是非有利害.’ 主於是非則見理而不見物, 主於利害則見物而不見理。是以董子77)謂 : ‘正其義不謀其利.’78) 然在朝廷, 則

안도도체찰사가 되고, 1593년 명나라의 장수 李如松과 함께 평양성을 수복, 그 뒤 충청·경상·전라 3도의 도체찰사가 되어 파주까지 진격하였다. 다시 영의정에 올라 4도의 도체찰사를 겸해 군사를 총지휘했으며, 이여송이 碧蹄館에서 대패해 西路로 퇴각하는 것을 극구 만류했으나 뜻을 이루지 못하였다. 같은 해 4월 이여송이 일본과 화의하려 하자 그에게 글을 보내 화의를 논한다는 것은 나쁜 계획임을 역설하였다. 1594년 명나라와 일본과의 화의가 진행되는 기간에도 군비 보완을 위해 계속 노력하였다.

72) 救解(구해) : 減罪되거나 免罪되게 잘 변호함.

73) 伏節死義(복절사의) : ≪聖學輯要≫ <爲政·用賢>의 “옛날 宋나라 孝宗이 ‘절의를 위하여 죽는 선비를 얻기 어렵다.’고 탄식하니, 장남헌이 ‘절의를 위하여 죽는 선비는 마땅히 임금 앞에서 과감히 간하는 사람 중에서 구해야 합니다.’고 하였다.(昔宋孝宗歎伏節死義之士難得, 張南軒以爲伏節死義之士, 當於犯顏敢諫中求之.)”에서 나온 말.

74) 章疏(장소) : 疏章. 상소하는 글.

75) ≪牛溪年譜≫에 의하면, 1595년 봄에 申應榘에게 보내는 편지에서 “지난번에 金宇顒이 상소하여 화친을 주장한 자들의 죄를 다스릴 것을 청하였고, 사헌부에서 뒤이어 차자를 올리기를 ‘반드시 일찍 국가의 법을 바로잡은 뒤에야 조종에게 부끄러움이 없고 후세에 할 말이 있게 됩니다.’ 하였소.”고 한 것을 일컬음.

76) 申應矩(신응구, 1553~1623) : 본관은 高靈, 자는 子方, 호는 晩退軒. 成渾·李珥의 문하에서 수학하였다. 신응구와 관련된 편지는 ≪牛溪先生集≫ 권5 <簡牘二·答申子方論奏本事別紙>에 자세하다.

77) 董子(동자) : 董仲舒. 중국 前漢 때의 유학자. 武帝가 즉위하여 크게 인재를 구하

或有是非利害合而爲一處, 朝廷利害之所在, 即是非之所在也。坐此一句所見, 而陷於一世大戮[79]."

其答黃愼[80]書曰："秦檜[81]在前, 千載之下, 孰不欲剚刃其腹? 是以言涉於和, 衆共棄之。好名者惜名, 趨利者求利, 誰肯自近於秦檜之故迹哉? 鄙人之言, 不幸而欲順中國之意, 宜乎賢者憂我之盡棄平生, 汚衊其身, 而莫之救以死也。雖然, 制事者必察其時, 論人者當原其情, 不可以疑忌之心, 遽律之以一切之法也." 又曰："朱子云:'旣不枉尺而直尋,[82] 又不膠柱而鼓瑟[83].' 若使天下道理, 只有上一句而已, 則又

므로 賢良對策을 올려 인정을 받았다. 전한의 새로운 문교정책에 참여했다. 五經博士를 두게 되고, 국가 문교의 중심이 儒家에 통일된 것은 그의 영향이 크다.

78) 《近思錄》 <爲學>의 "의를 바르게 하고 그 이해를 꾀하지 말며, 도를 밝히되 공을 따지지 말라.(正其義不謀其利, 明其道不計其功.)"에서 나온 말.

79) 大戮(대륙) : 큰 치욕.

80) 黃愼(황신, 1560~1617) : 본관은 昌原, 자는 思叔, 호는 秋浦. 成渾과 李珥의 문하에서 수학하였다. 1592년 持平으로 世子(뒷날의 光海君)를 따라 남하, 體察使의 종사관을 지냈다. 1596년 통신사가 되어 明使와 함께 일본에 왕래, 화의가 결렬된 뒤 명나라의 來援을 얻는 데 힘쓰고, 그 후 慰諭使・전라도관찰사 등을 역임하였다. 황신과 관련된 편지는 《牛溪先生集》 권5 <簡牘二・答黃思叔論奏本事第二書>에 자세하다.

81) 秦檜(진회) : 宋나라의 姦臣. 자는 會之. 송나라는 靖康 2년(1127)에 金나라의 침공을 받아 도성인 汴京이 함락되고, 欽宗과 徽宗이 금나라로 끌려가 변을 당하였다. 그리하여 高宗이 즉위하였는데, 진회가 정승으로 있으면서 금나라에 의지하여 권력을 지킬 속셈으로 和議를 강력히 주장하였으며, 主戰論者인 岳飛 등 수많은 충신들을 모함하여 죽였다. 그 결과 송나라는 끝내 금나라에게 멸망하고 말았다.

82) 枉尺而直尋(왕척이직심) : 《맹자》 <滕文公章句 下>에 나오는 말로, 한 자를 굽혀 주고 여덟 자를 편다는 뜻. 큰 뜻을 펴기 위해서는 잠깐 자신을 굽힐 수도 있음을 말하여, 의리를 약간 굽혀 큰 이익을 취함을 비유한 것이다.

83) 膠柱而鼓瑟(교주이고슬) : 《사기》 <廉頗藺相如列傳>에서 인용한 말. 기러기발을 고정시키고 거문고 줄을 탈 경우 음절이 고정되어 소리의 高下와 淸濁이 없

安用更說下一句哉?” 又曰：“來喩[84]云：‘與其講和而存，無寧守義而亡.’ 此乃人臣守節之言耳。宗社存亡，異於匹夫之事，如此立說，不覺涕泗交頤也.” 又曰：“內修之實，專在本原,[85]) 而人人畏避不敢言，獨於欲合中國之說，攻之如此，無畏故也。吾恐本原不立，而大義不可單行，亦不足以救宗國[86)之亡，而同歸於亡國之大夫，安能免後世之責哉?” 又曰：“韓侂胄[87)伐金，可謂伸大義於天下，而先儒以幾危宗社罪之。張南軒[88)以復讐爲事業，而使之伐金則以金不可伐爲言。凡以此者，宗社爲重，而相時度力，爲時中之義[89)耳.” 凡此數款語，豈非今日廷臣[90)之所當深思者乎?

듯이 곧 변통할 줄 모름을 비유한 것이다.

84) 來喩(내유)：주신 편지의 가르침이라는 뜻으로, 남이 나에게 편지로 보내온 사연을 높여 이르는 말.

85) 本原(본원)：근본.

86) 宗國(종국)：宗主國. 문화적 현상과 같은 어떤 대상이 처음 시작한 나라.

87) 韓侂胄(한탁주)：송나라 寧宗 때 간신. 자는 節夫. 憲聖皇后의 총애를 받아 太師로 있으면서 道學을 僞學이라 배척하고, 朱子 등 학자들을 모함하여 박해를 가하였으며, 戰功을 세워 자신의 권력을 지킬 속셈으로 금나라와 싸울 것을 강력히 주장하다가 싸움에 패하여 죽음을 당하였다.

88) 南軒(남헌)：송나라의 학자 張栻의 호. 자는 敬夫. 五峯 胡宏을 사사하고 朱子와 道義之交를 맺었다.

89) 時中之義(시중지의)：때에 맞추어 中道를 얻는 것. ≪논어집주≫ <里仁篇>의 "군자는 천하의 만사와 만물에 대해 반드시 한다는 것도 없고 말아야 한다는 것도 없다. 오직 의로써 견준다. 의에 맞으면 행하고 의에 어긋나면 멈춘다. 이것이 이른바 ‘시중의 의’이다.(君子於天下之萬事萬物, 無必焉, 無勿焉. 惟義是校. 中於義則行之, 違於義則止之. 此所謂時中之義也.)"에서 나온 말이다. 한편, 子莫之中은 그때의 상황을 생각지 않고 중간만을 고집하는 것이며, 執着之中은 중간에 붙어서 떨어지지 않는 것을 일컫는다.

90) 廷臣(정신)：조정에서 벼슬하는 신하.

夫倭賊蹂躪八方，辱及兩陵，[91] 其在我國，誠百世必報之讎，而成渾
以一時儒宗，因天將之一言，敢發奏請講和之端，此豈忘讎負君而然哉?
蓋以當日事勢，自有甚不得已。若使徒守一切之論，不思權宜[92]之計，
則其禍必不止於兩陵遭變而已故也。成渾旣被謗而去，柳成龍仍持和
議，遂有黃愼之行。成龍旣敗，李德馨[93]又持前說，繼有松雲[94]之遣，

---

91) 兩陵(양릉) : 宣陵과 靖陵. 선릉은 成宗의 능이고, 정릉은 中宗의 능이다. 왜적이
　　두 능을 발굴한 행위에 격분하여 '영원히 함께할 수 없는 원수(萬世不共之讐)'라
　　는 표현이 등장했으며, 심지어 1607년 일본에 갔던 回答兼刷還使가 소지한 국서
　　속에도 '의리상 귀국과는 하늘을 함께 이고 살 수 없다.'는 글귀가 들어있었다.
92) 權宜(권의) : 임시적인 편의.
93) 李德馨(이덕형, 1561~1613) : 본관은 廣州, 자는 明甫, 호는 漢陰·雙松·抱雍散
　　人. 1592년 임진왜란 때 북상중인 왜장 小西行長과 충주에서 만날 것을 요청하
　　자, 이를 받아들여 單騎로 적진으로 향했으나 목적을 이루지 못하였다. 왕이 평
　　양에 당도했을 때 왜적이 벌써 대동강에 이르러 화의를 요청하자, 단독으로 사
　　신 玄蘇와 회담하고 대의로써 그들의 침략을 공박했지만 화의 교섭은 실패했다.
　　그 뒤 왕을 定州까지 호종하였고 請援使가 되어 명나라로 가서 원병을 요청하여
　　성공하였다. 귀국 후 한성부판윤이 되고, 李如松의 接伴官으로 활약했다. 1593년
　　선조는 이덕형의 공의 인정하여 병조판서에 임명하였고 이듬해에는 이조판서가
　　되고 조선의 군사편제를 새롭게 만든 訓鍊都監 당상에 임명하였다. 1595년 경
　　기·황해·평안·함경 4도체찰부사가 되었으며, 1597년 정유재란이 일어나자
　　명나라 어사 楊鎬를 설복해 서울의 방어를 강화하는 한편, 스스로 명군과 울산
　　까지 동행, 그들을 위무하였다.
94) 松雲(송운) : 四溟堂 惟政(1544~1610)의 호. 본관은 풍천, 속명은 任應奎, 자는 離
　　幻. 임진왜란 때 조정의 勤王文과 스승 휴정의 격문을 받고 의승병을 모아 순안
　　으로 가서 휴정과 합류하였다. 그곳에서 義僧都大將이 되어 승병 2,000명을 이끌
　　고 평양성과 中和 사이의 길을 차단하여 평양성 탈환의 전초 역할을 담당하였다.
　　1593년 1월 평양성 탈환의 혈전에 참가하여 혁혁한 전공을 세웠고, 그 해 3월
　　서울 근교의 삼각산 蘆原坪 및 우관동 전투에서도 크게 전공을 세우자, 선조는
　　禪敎兩宗判事를 제수하였다. 그 뒤 전후 네 차례에 걸쳐 대표로 나아가 적진에서
　　加藤淸正과 회담을 가졌다. 결국 일본과 강화를 맺고 조선인 포로 3,500명을 인

游辭95)緩賊, 苟支時月。天兵旣撤, 賊亦斂歸。我國之至今保全者, 雖出於皇朝拯濟之惠, 而亦由於前項數臣不避謗言, 竭忠擔當之力也。

事固有名美而實不然者。如大舜不告而娶,96) 如有以娶妻必告之語, 致詰於舜者, 則舜必難於爲對。太王97)避狄去邠, 如有以國君死社稷之說, 致責於太王者, 則太王亦必難於爲對。然舜與太王, 終不拘於或者之言, 而自甘於廢倫亡國之歸。蓋道有經權,98) 事有輕重, 時之所在, 義亦隨之。聖人作易, 中貴於正, 良以此也。然非見理不惑, 執德不回99)之君子, 孰能斟酌得宜, 確守所見, 以了一世之事者哉?

今以成渾書中之語, 想見當時心事, 足令人潸然一涕也。至於今日之事, 則又有大異於此者焉。以時勢言之, 則旣無石晉兵力之强盛, 又無壬辰天兵之可恃, 以義理言之, 則初無稱子稱臣之辱, 又非祖宗難忘之

솔하여 귀국했다.

95) 游辭(유사) : 진실성이 없는 말을 교묘하게 하는 것.

96) ≪맹자≫ <離妻章句 上>의 "순이 어버이에게 알리지 않고 장가를 든 것은 후사가 없게 될까 염려해서였다. 그래서 군자는 그것을 어버이에게 알린 것과 같다고 여기는 것이다.(舜不告而娶, 爲無後也. 君子以爲猶告也.)"라는 말을 염두에 둔 표현임. 순임금이 그렇게 할 수밖에 없었던 사연에 대해서는 ≪맹자≫ <萬章章句 上>에 상세히 기록되어 있다.

97) 太王(태왕) : 周나라 文王의 할아버지인 古公亶父. 중국 周나라의 기초를 닦은 인물이다. 邠이라는 곳을 도읍삼아 농경을 일구었다. 이는 ≪맹자≫ <梁惠王章句 下>의 "옛적에 태왕은 빈 땅에 거주하실 때 狄人이 침략하자 그곳을 떠나 기산 아래에 가서 거주하셨으니, 이곳을 가려서 취한 것이 아니라 부득이해서였다.(孟子對曰 : '昔者, 大王居邠, 狄人侵之, 去之岐山之下, 居焉非擇而取之, 不得已也.)"에서 확인할 수 있다.

98) 經權(경권) : 언제나 변하지 않고 원칙과 상황에 따라 취하는 임기응변을 비유적으로 이르는 말.

99) 回(회) : 어긋남. 어그러짐.

讎。如使朱・胡兩賢及成渾・柳成龍・李德馨・李廷馣諸臣，　復生於今日，　則其是非得失之所在，　不難定矣。今之議者皆曰："丁卯之和，固不害義理，至於今日，賊已僭號，不可更與之通使." 此言似矣，而實未深思者也。使奴違丁卯兄弟之盟，而迫我以非禮，則於義固有決不可從者矣。今旣不然，而仍用隣國之禮，　則彼之僭號與否，　非我所當問，何可以禮義責夷狄乎？　議者又曰："當初驅逐龍差,100)　固爲失着,101)而業已102)移咨103)椵島，下諭八方，更將何辭復與虜通使乎？" 此亦知其一，　未知其二者也。夫旣以當初輕絶爲非，　則到今追改，有何不可？聖人有言："過則勿憚改.'104) 夫不自量力,105) 輕爲大言，横挑犬羊106)之怒，終至於生靈塗炭，宗社不血食,107)　則其爲過也，孰大於是？

　使朝廷翻然改圖曰："始聞伊賊僭逆108)之言，不勝痛嫉之心，且慮非禮之脅，遂定寧以國斃之計。旋見虜書，不失兄弟之稱，自量國力，還有輕絶之悔，深惟長慮，聊復."云爾，以此上聞於天朝，下示於百姓，處事明白，其誰曰不然？ 臣見近來朝廷大小政令，未免數變，以致失

---

100) 龍差(용차)：龍骨大 差使.
101) 失着(실착)：계략을 잘못 꾸밈.
102) 業已(업이)：이미. 벌써.
103) 移咨(이자)：중국과 왕복하는 외교 문서를 보냄.
104) ≪논어≫ <學而篇>에 나오는 구절.
105) 不自量力(부자량력)：스스로 힘을 헤아리지 못함. 곧 자신의 분수를 모르고 섣불리 행동하는 것을 이르는 말이다.
106) 犬羊(견양)：개와 양이란 뜻이나, 여기서는 하찮은 오랑캐를 의미함.
107) 血食(혈식)：국가에서 거행하는 제사. 血은 제사에 바치는 牲을 뜻한다.
108) 僭逆(참역)：분수를 모르고 윗사람을 가볍게 보고 거역함.

信於民者甚多，而未聞有發言匡正者。獨於係國家安危之事，必欲膠守[109]小信,[110]　坐挑强虜之釁而莫之顧者，何哉？　此又臣之所未曉也。故臣之爲此羈縻[111]之言者，非敢不顧是非，徒爲利害之說，以誤君父也。酌之以時勢，裁之以義理，證之以先儒之定論,[112]　參之以祖宗之往迹，如是則國必危，如是則民可保，如是則害於道理，如是則合於事宜，靡不爛熟思量，有以信其必然。

常竊以爲國力方竭，虜兵尙强。姑守丁卯之約，以緩數年之禍，得以其間，發政施仁,[113]　收拾民心，築城儲糧，益固邊備，斂兵不動，以觀彼釁，爲我國計，無出此者，旣以素定於心，又以屢言於人。然而畏謗之心，猶切於中，且聞廟堂之議，亦多與臣相近，冀或有分謗之處。故一爭於龍差在館之日，再陳於商胡未到之前，而皆略見微意，以發其端，不敢盡其所欲言，以俟君相之處分。而言旣無效，累失事機，浩嘆[114]私室，心病轉甚。

或有謂臣者曰：“時議方峻，空言[115]無益。若能黽勉[116]出仕，周旋備局，則猶不爲無助.” 臣亦惟之，此言近理，故扶策垂死之形骸，觸冒

---

109) 膠守(교수)：융통성 없이 지킴.
110) 小信(소신)：하찮은 신의.
111) 羈縻(기미)：굴레와 고삐라는 뜻으로, 속박하거나 견제함을 비유적으로 이르는
　　　말. 여기서는 1627년 정묘호란 때 맺은 형제의 맹약으로 묶어놓는 것을 말한다.
112) 定論(정론)：어떤 결론에 도달하여 확정된 의견이나 이론.
113) ≪맹자≫ <梁惠王章句 下>에 나오는 구절.
114) 浩嘆(호탄)：크게 탄식함.
115) 空言(공언)：채용되지 못한 정대한 주장.
116) 黽勉(민면)：부지런히 힘씀.

方張之廷議, 入陳於榻前, 出爭於大臣, 焦唇乾舌, 不自知止。凡若是者, 豈有他哉? 誠悶宗國之將危, 而不暇更計一身之利害耳。朝廷之上, 苟有惻隱之心者, 宜若在所哀矜, 而乃反怒目相視, 攻擊如不及, 亦獨何心哉? 胡譯不送則已, 送則一刻爲急。而榻前議定之後, 猶存遷就,[117] 自示難色, 得令年少之論, 有以乘其間隙。離京旣晩, 停灣且久。近聞西報, 賊已還穴, 似有後期無益之憂。和事已無可望, 勢將坐待兵禍, 到此地頭, 不能無憾於廟堂之持重, 而年少過激之言。亦有所不足深責者矣。

自古姦臣罪目, 可得而言也。曰擁蔽聰明, 曰陷害忠良, 曰招權納賂, 曰循私植黨, 曰報復恩讎, 數者是已。臣十年遭遇, 恩眷偏厚, 屢忝銓衡,[118] 長處機要。生於心而發於事者, 不爲不多。雖其才劣識淺, 不能有所裨益, 亦頗自謂'小心畏愼, 奉公無他.'其幸而得免於數者之目, 則行路之人, 亦或知之。使臣果有此等罪狀, 何不歷擧明言, 以正邦刑, 而乃抉摘[119]言語間偶欠照管[120]之處, 乘機竊發, 橫加小人之名乎? 昔在宣廟朝。時輩深忌李珥[121]而未得其罪, 乃因公事間微細之事, 乘時

---

117) 遷就(천취) : 이리저리 둘러댐.
118) 銓衡(전형) : 저울이라는 뜻으로, 인재를 뽑는 일을 이르는 말. 吏曹가 맡은 직무이다. 최명길이 1623년 이조좌랑, 그해 8월에 이조정랑과 이조참의, 또 12월에 이조참판, 1632년 이조판서를 지낸 것을 이른다.
119) 抉摘(결적) : 숨겨진 것을 찾아냄.
120) 照管(조관) : 承奉照管. 받들어 살핀다는 뜻.
121) 李珥(이이, 1536~1584) : 본관은 德水, 자는 叔獻, 호는 栗谷·石潭·愚齋. 1582년에 이조판서, 1583년에 병조판서가 되어 선조에게 <時務六條>를 바치며 10만양병설, 黨論을 없애고 능력 있고 어진 이의 등용, 잘못된 정사를 개혁하여

造謗, 指謂'擅權慢上.' 陰嗾愚妄言官,[122] 以發其擊去之端。不謂今日朝廷, 又有此等景象也? 小人情狀, 變幻無常, 最難測度。如封德彝[123] 佞於隋而忠於唐, 楊畏[124]心熙豐[125]而迹元祐,[126] 隨勢低昂, 惟利是趨, 故權在君上則蓬迎以取寵, 權在朝廷則黨附以濟私。今之朝廷, 適無小人, 若果有之, 則必自好名中出, 是將依阿[127]浮議, 釣取虛譽, 雍容[128]談笑, 坐收大權。何苦而獨執己見, 冒犯衆怒, 孤立一世, 屢困而莫之悔? 世間寧有如許[129]愚迷之小人乎?

噫! 南宋之主和者, 禍歸於國而利歸於身, 今之主和者, 禍歸於身而利歸於國。執此以言, 則人之賢邪, 事之是非, 亦有不難知者矣。君子之所信者心也。求諸心而無愧, 則毀譽之來, 特其外物耳。況臣之有罪無罪, 聖鑑洞燭, 靡有遁情。而一啓之後, 臺論[130]旋停, 公議亦可見。

교화를 선명히 할 것 등의 개혁안을 주장하였다. 그러나 당쟁을 조장한다는 東人의 탄핵을 받아 관직에서 물러났다. 이때 옥당에서 올린 차자를 보면, '권력을 제멋대로 휘두르고 임금을 무시하며 공론을 멸시한다.'고 하면서 나라를 그르친 소인배에 비유하기까지 하였다. 이후 다시 이조판서와 判敦寧府事 등으로 임명되었다.

122) 言官(언관) : 諫官. 사간원과 사헌부에 속하여 임금의 잘못을 諫하고 百官의 비행을 규탄하던 벼슬아치.

123) 封德彝(봉덕이, 568~627) : 唐나라 渤海 사람. 封倫으로, 덕이는 그의 자. 隋나라에서는 虞世基와 宇文化及 각각에게 아첨하다가, 우문화급이 죽자 唐나라에 항복하여 철종에게 충성을 다하였다.

124) 楊畏(양외) : 北宋 때 사람. 蔡京의 黨人.

125) 熙豐(희풍) : 송나라 神宗의 연호인 熙寧(1068~1077)과 元豐(1078~1085).

126) 元祐(원우) : 宋나라 哲宗의 연호(1086~1094).

127) 依阿(의아) : 남의 비위를 맞추고 아부함.

128) 雍容(옹용) : 온화한 얼굴.

129) 如許(여허) : 이와 같음.

盡節之外，更有何說？

第惟臣之所患賤疾,[131]　已垂一年。初謂秋涼之後，　或有少差之望，寒節漸深，證勢危劇，眞元[132]已削，只有浮熱[133]。夜則合眼就枕，不過一更,[134]　晝則終日所食，未滿數合，精神怳惚，如在夢界中。加以左邊偏虛,[135]　已成痼疾，稍觸風涼，則眉因瞤動，手脚抽搐,[136]　常有卒倒之狀。自量氣力，　雖得靜處善調，　不過支撐數年之命。而如使勉强出門，自比平人，則不出旬日，大病更作，其死必矣。平生報國之計，已墮空虛，循省初心，只自悲悼。

此皆臣之實狀實情。聖明下臨，　何敢一毫欺罔？　伏願殿下府察情勢，鐫[137]臣本職及兼帶[138]經筵・春秋賓客・內局・備邊提調等任，　以安愚分，以活微命，則自今至死之一年，皆聖上賜也。言發淚隨，不自知裁。取進止。

---

130) 臺論(대론) : 사헌부와 사간원에서 하던 탄핵.
131) 賤疾(천질) : 자기 병의 겸칭.
132) 眞元(진원) : 眞氣와 元氣. 진기는 인간이 갖고 있는 가장 근원적인 힘이고, 원기는 본디 타고난 기운이다.
133) 浮熱(부열) : 陰寒이 내부에 盛하고 虛陽이 외부에 浮出하는 眞寒假熱을 말함.
134) 一更(일경) : 2시간을 일컬음.
135) 偏虛(편허) : 氣血이 허약하고 제대로 통하지 못해서 기운이 없어지는 증상을 이름.
136) 抽搐(추축) : 사지나 안면이 경련을 일으킴. 또는 실룩거리다.
137) 鐫(전) : 鐫改. 관리의 임기가 차거나 부적당할 때 다른 사람으로 바꾸는 일을 이르던 말.(遞差)
138) 兼帶(겸대) : 兼任. 두 가지 이상의 직무를 아울러 맡아봄.

○ 이 한성판윤(漢城判尹) 사직(辭職) 차자(箚子)는 ≪인조실록≫에 실려 있지 않으나, 1636년 11월 6일조 2번째 기사에 한성판윤 사직에 관한 간단한 기록이 있다. 곧, "판윤 최명길이 차자를 올려 사직하니 허락하였다. 명길이 화의를 거절하는 것은 좋은 계책이 아니라고 힘껏 진달하자, 옥당이 상장(上章)하여 논핵하고 대간은 사판(仕版)에서 삭제할 것을 주청하였는데, 상이 따르지 않았으나 명길이 스스로 불안하게 여기었으므로 마침내 체직되었다."는 언급이 그것이다.

붕당의 폐해와 오랑캐에 사람을 보내는 일로 의견을 나누다

≪인조실록≫ 1636년 9월 19일조 2번째 기사

주강(晝講)에 ≪시전(詩傳)≫을 강(講)하였다. 강을 마치자, 상이 붕당(朋黨)의 폐해에 대해 이르기를, "김상헌(金尙憲)은 선량한 사람인데 성지(聖旨)에 따라 진언한 사람을 죄주고자 하니, 어찌 그렇게 할 수 있겠는가?" 하였다.

지사(知事) 최명길(崔鳴吉)이 아뢰기를, "상헌은 도량이 편협하고 기개가 강직하므로 좋은 곳에 들어가면 천 길 낭떠러지에 서 있는 기상이 있고 잘못 들어간 곳에서도 뜻을 굽혀 고칠 생각이 없으니, 식견이 모자라서인 듯합니다." 하고, 이어서 아뢰기를, "상헌이 종묘(宗廟)의 제관(祭官)이 되어서는 6월 혹서에도 흑단령(黑團領)을 착용하고 종일 재계(齋戒)하였고, 내의원 제조(內醫院提調)가 되어 어약(御藥)을 조제할 때에는 반드시 관대(冠帶)를 갖추고 다른 일로 찾아와서 번거롭게 하지 못하게 한 뒤에 지어 올렸으며, 문안할 때에도 역시 '군부(君父)께서 병환이 있으신데 어떻게 사가(私家)에 물러가 편안히 있을 수 있겠는가.' 하고 반드시 궐문(闕門) 밖에서 유숙하고 일찍 들어와 문안하였으니, 이 또한 사람들이 미치지 못할 점입니다." 하였다.

상이 이르기를, "이런 점을 알고 있으므로 지난날 강제로 기용한 것이다."

하였다.

명길이 아뢰었다.

"요즈음 오랑캐에게 사람을 보내는 일이 이처럼 지연되고 있으니 몹시 민망스럽습니다. 대간(臺諫)이 비록 논계(論啓)하였으나 어찌 끝까지 고집하여 논쟁하겠습니까. 한편으로 들여보내는 것이 무방할 듯합니다."

상이 이르기를, "대간이, 명조(明朝)를 배반하고 우리 백성을 기만하였다고 말을 하니, 내 몹시 부끄럽게 여긴다." 하였다.

명길이 아뢰었다.

"감군(監軍)이 간첩을 쓰는 일을 간곡히 부탁하였으니, 이 일로 인해 사람을 보내는 것은 참으로 불가할 것이 없습니다. 연소한 무리들의 모든 논의는 들어줄 필요가 없습니다."

상이 이르기를, "막중한 대사를 이처럼 경솔히 논하니 몹시 믿을 수가 없다." 하였다.

명길이 아뢰었다.

"들으니, 여름 경연 석상에서 상께서 '청국 한(淸國汗)'이라고 쓰는 것이 타당하다는 분부가 계셨다 하는데, 참으로 그런 말씀을 하셨는지 모르겠습니다. 저들이 이미 국호를 고쳤은즉 그 고친 호칭을 따라서 쓰는 것이 타당하니, 지금 이후로는 영원히 항식(恒式)을 만들어 청국이라고 써서 보내는 것이 타당합니다.”

상이 이르기를, “내 생각에도 청(淸) 글자를 쓰는 것은 무방하다고 여기는데 여론이 이와 같으니, 그 이유를 모르겠다. 간첩을 이용하는 계획은 이미 누설되었으니 지금 간첩을 보낼 수 없다. 곧바로 사람만 보내는 것이 타당하다.” 하였다.

명길이 아뢰었다.

“우리나라 사람은 군사기밀의 중요성을 알지 못합니다. 지난번 강도(江都)에 있을 적에 대간이 야간에 습격하는 일을 가지고 논계하기까지 하였으니, 참으로 가소로운 일입니다. 오늘의 일은 상께서 심복 대신과 더불어 은밀히 의논하여 결정하시는 것이 타당하고 승지(承旨)와 내관(內官)도 듣지 못하게 해야 가능한 것입니다.”

시독관(侍讀官) 조빈(趙贇)은 아뢰었다.

“신이 이 일은 당연히 비밀로 해야 한다는 것을 모르는 것은 아니나, 사람을 오랑캐에 보내는 것은 대의에 해로움이 있으므로 신의 소사(疏辭)와 양사(兩司)를 처치함에 있어서 모두 운운한 바가 있는 것입니다. 대간(臺諫)은 소회를 진달할 뿐입니다. 어찌 명성을 좋아하는 마음이 있어서이겠습니까?”

상이 이르기를, “내가 이른바 명성을 좋아한다고 한 것은 다른 것이 아니다. 대간이 논계하고 싶은 것이 있으면 독대(獨對)를 청하거나 밀계(密啓)를 하여도 불가할 것이 없는데, 막중한 대사를 이처럼 드러내놓고 배척하였기 때문에 이른 것이다. 바깥의 사람들은 모두 내가 겉으로 장려한 칙서를 빙자하여 사적인 일을 행하고자 한다고 생각하고 있으니, 어찌 부끄럽지 않겠는가. 내 생각에는 이 일은 오랑캐와 강화하고서 욕을 당하는 것과 다를 것이 없다고 여긴다.” 하였다.

명길이 아뢰었다.

“연소한 사람은 기절(氣節)은 취할 만하나 그의 말이 어찌 모두 적중하겠습니까? 호역(胡譯)은 급히 보내지 않으면 안 됩니다.”

그러자 검토관(檢討官) 오달제(吳達濟)가 아뢰었다.

“이 일의 옳고 그른 것은 참으로 의논할 겨를이 없습니다. 양사가 지금 집요하게 논쟁하고 있는데 명길이 기필코 중론(衆論)을 배척하고 사람을 보내려고 하니, 이것이 무슨 도리입니까? 비밀을 지키지 못한 것은 참으로 잘못이나, 조정이 지금 다시 화친을 닦으려고 하는 즈음에 간첩을 행하는 일로 인하여 사람을 보내는 일을 하면 누군들 의심하지 않겠습니까.”

명길이 아뢰었다.

“이 말은 몹시 준엄하니 신이 굽히겠습니다.”

조빈이 아뢰었다.

“화친하는 일이 옳고 그른 것에 대해서는 많은 말을 않겠습니다. 다만 정묘년부터 지금까지 10년 동안 자강책을 강구한 것은 조금도 없습니다. 만약 지금 다시 화친을 닦아 날로 위축되어 간다면 결국은 반드시 망하고야 말 것입니다. 더구나 우리나라는 중국을 높이고 이적(夷狄)을 배척하는 것을 입국(立國)의 근본으로 삼았습니다. 혼조(昏朝) 때 하서국(河瑞國)을 보내어 오랑캐와 왕래하였는데, 반정(反正) 초에 혼조의 비정(秕政)을 들추는 중에 이 한 조목이 포함되어 있었습니다. 지금 만약 다시 참호(僭號)하는 오랑캐와 화친을 한다면, 인심이 복종하지 않는 것이 어떠하겠습니까?"

승지 최연(崔葕)은 아뢰었다.

"지금의 상책은 스스로 지키는 것뿐입니다. 간첩을 행하는 일은 말이 이미 누설되었으니 사람을 보내기가 어려울 듯싶습니다."

명길이 아뢰었다.

"지금 비록 누설되기는 하였으나 어찌 오랑캐에게 들어갔겠습니까."

달제가 아뢰었다.

"삼사(三司)가 한참 정론(正論)을 펼치고 있는데 명길이 감히 공의(公議)를 돌아보지 않고 이처럼 상달(上達)할 수 있습니까?"

명길이 아뢰었다.

"참으로 소회(所懷)가 있으면 군부(君父)의 앞에서 어찌 진달하지 못하겠습니까?"

달제가 아뢰었다.

"삼사(三司)와 서로 논쟁하고 있으니 사체(事體)가 어떻습니까?"

명길이 마침내 서둘러 나갔다.

＿국사편찬위원회, 조선왕조실록 사이트에서

사간원이 금에 대한 호칭 문제로 최명길의 관직을 삭탈하라고 아뢰다

≪인조실록≫ 1636년 9월 27일조 1번째 기사

간원(諫院)이 아뢰었다.

"국가를 도모하는 도는 반드시 먼저 대의(大義)를 밝히고 속여서는 안 되는 것인데, 지경연(知經筵) 최명길(崔鳴吉)은 일찍이 경연 석상에서 금한(金汗)을 일러 '청국 한(淸國汗)'이라고 하여, 정식(定式)으로 삼아야 한다고 하였으니, 명길의 말은 크게 잘못되었습니다. 어찌 그리 생각이 깊지 못합니까. 저들이 청국으로 호칭하는 것은 실로 범연히 호칭한 것이 아닙니다. 저들의 참호를 우리가 인하여 호칭한다면 이것은 그의 참호를 허여(許與)하는 것이니, 점점 확산되는 폐단이 무엇인들 이르지 않겠습니까. 명길은 공론(公論)이 한참 전개되고 있는 시기에 대의를 돌아보지 않고 감히 차마 듣지 못할 말로 성상의 귀를 더럽혔으니 방자하고 거리낌 없는 행동이 이미 극에 달했습니다. 그리고 또 말하기를 '국가의 대사는 당연히 심복 대신과 더불어 은밀하게 논의해야 하고 승지(承旨)와 사관(史官)도 물리쳐야 한다.' 하였습니다. 아, 승지는 후설(喉舌)의 직책으로 왕명을 출납함에 잠시도 임금의 곁을 떠날 수 없는 것인데, 이번에 명길이 모두 물리치려고 하였으니, 그의 마음속을 헤아릴 수가 없습니다.

임금과 정승이 서로 더불어 한자리에서 국사를 도모하는 것은 실로 군국(軍國)의 막중한 대사이고 광명정대한 거조(擧措)인데, 무슨 승지에게 숨길 것이 있겠습니까. 명길이 술수를 써서 자기 뜻을 마음대로 행하려는 것이 곧 그의 본래의 마음입니다. 남의 이목을 가리어 듣고 보지 못하게 하고 성상(聖上)의 총명을 가리어 기필코 자기가 마음먹은 것을 행하려고 하였으니, 만일 그의 말이 세상에 행하여지게 된다면 국가의 화가 미치지 않는 곳이 없을 것입니다. 예로부터 크게 간특한 자의 소행도 이보다 더하지는 않았으니 관직을 삭탈하소서."

상이 답하기를, "판윤(判尹)이 신호(新號)를 사용토록 주청한 것은 사례가 당연한 것이고, 은밀하게 의논하는 것이 제일이라고 이른 것도 경박한 무리들이 함부로 대사를 누설하였기 때문이다. 만약 그대들이 논한 것 같다면 장량(張良)이나 진평(陳平)이 모두 만고의 죄인이 될 것이다. 이 사람은 원훈 중신(元勳重臣)으로 헛된 명성을 구하지 않고 오로지 성실에 힘썼으니, 그의 충성심과 계략은 사람들이 모두 미칠 수 없다. 그대들이 이 두어 가지 말을 인연하여 터무니없는 말을 지어내어 다시 등대(登對)할 수 없게 하고자 하니,

그 계략이 과연 소루하다 하겠다. 지난번 사정(私情)을 따라 붕당을 옹호하지 말라고 하교(下敎)하여 계칙(戒飭)하였는데 수개월도 되지 않아 마음씀이 이와 같으니, 오늘날 국사가 과연 한심스럽다 하겠다." 하고, 이어서 정언(正言) 홍처후(洪處厚)·신상(申恦) 등의 체차를 명하였다. 뒤에, 특별히 처후를 제천 현감(堤川縣監)으로, 신상을 개성 교수(開城敎授)로 임명하였다.

_ 국사편찬위원회, 조선왕조실록 사이트에서

오달제가 최명길을 논박하는 상소로 파직되다.
일의 전말을 적은 사론

≪인조실록≫ 1636년 10월 1일조 1번째 기사

수찬(修撰) 오달제(吳達濟)가 상소하였다.

「지난번 최명길(崔鳴吉)이 사신(使臣)을 보내어 서신을 통하자는 의논을 화의(和議)를 거절한 후에 발론(發論)했고, 또 삼사(三司)의 공론(公論)이 이미 제기되었는데도 오히려 국가의 사체(事體)는 생각지 않고, 성상의 의중만 믿고서 경연(經筵) 석상에서 등대(登對)한 날 감히 황당한 말을 진달하여 위로는 성상의 귀를 현혹시키고 공의(公議)를 견제하였으며, 심지어는 대론(臺論)이 제기되었더라도 한편으로 사신을 들여보내야 한다고 말을 하였습니다. 아, '한 마디의 말이 나라를 망친다.'는 것은 이를 두고 말한 것인가 봅니다. 그 말의 전도됨이 몹시 해괴합니다. 옥당(玉堂)이 대면하여 책망하고 중론이 격분하여 일어나기까지 하였으니, 명길은 의당 황공해 하고 위축되어 물의(物議)를 기다리는 것이 도리일 텐데, 오히려 태연하게 차자(箚子)를 올려 이치에 어긋나는 논리를 다시 전개하여 오히려 강화하는 일이 끊기기라도 할까 두려워하면서 의리가 어떠한지는 돌아보지 않았습니다. 대체로 대각(臺閣)의 의논은 체면이 몹시 중한 것입니다. 비록 대신의 지위에 있더라도 감히 대항하지 못하고 책임을 지고 사직하여 불안한 뜻을 보이는 것인데, 명길은 어떤 사람이기에 유독 공론을 두려워하지 않음이 이처럼 극도에 이른단 말입니까. 방자하고 거리낌 없는 죄를 바로잡지 아니할 수 없습니다. 신이 이런 의향을 본관(本館)이 함께 모인 자리에서 여러 번 발론하였으나 끝내 의견의 일치를 보지 못하였습니다. 신이 이미 발론했으나 견제가 이와 같으니 신을 파직하소서.」

상이 답하지 않았다. 이어 하교하기를, "대체로 사람이 잘못이 있으면 그 잘못된 것만 책망하는 것은 옳지만 만약 경중을 살피지 않고 또 지위의 높고 낮은 것을 가리지 않고 기회를 틈타 마음 내키는 대로 매도하는 것은 몹시 옳지 못한 것이다. 판윤 최명길은 1품 중신(重臣)으로 사직(社稷)에 공이 있는 사람이다. 그의 말이 설사 맞지 않는 것이 있더라도 절대로 멸시하고 욕을 해서는 아니 되는 것인데, 젖비린내 나는 어린 사람도 모욕을 주니, 오늘날 국가 풍습은 과연 한심스럽다 하겠다. 오달제를 우선 파직하라." 하였다.

정원(政院)과 헌부(憲府)가 함께, 파직하라는 명을 도로 거두도록 주청하였으나, 상이 끝내 듣지 않았다.

살펴보건대, 달제가 차자를 올려 명길을 논박하려고 하자 교리(憲府) 김광혁(金光爀)은 '이 논핵(論劾)은 없을 수 없다.' 하여 몹시 힘을 주어 말했는데, 그 후에 말하기를 '나의 처가 명길의 처와 족분(族分)이 있으니 혐의가 있어 논의에 참석할 수 없다.' 하였고, 수찬(修撰) 이도(李禰)는 처음에는 함께 상의하였으나 뒤에는 병을 칭탁하고 오지 않으니, 달제가 분개하여 마침내 상소하여 대항한 것이다. 달제가 후일 화를 당한 것은 실로 여기에서 말미암은 것이다. 이도의 부정(不正)함은 참으로 논할 것도 없지만, 광혁은 평소 기개가 있다고 일컬어진 사람으로 명길에 대해서도 인정하지 않았는데, 상의 뜻이 명길에게 향한 것을 알아차리고 또 홍처후 등이 명길을 논핵하였다가 견책당한 것을 보고는 당초의 소견을 바꾸어 억지로 법 밖의 일로 인혐(引嫌)하니, 물의(物議)가 그르게 여겼다.

_국사편찬위원회, 조선왕조실록 사이트에서

부교리 윤집이 최명길의 죄를 논한 상소

《인조실록》 1636년 11월 8일조 1번째 기사

부교리(副校理) 윤집(尹集)이 상소하였다.

「화의가 나라를 망친 것은 어제 오늘의 일이 아니고 옛날부터 그러하였으나 오늘날처럼 심한 적은 없었습니다. 명나라는 우리나라에 있어서 부모의 나라이고, 노적(奴敵)은 우리나라에 있어서 부모의 원수입니다. 신자(臣子) 된 자로서 부모의 원수와 형제의 의를 맺고 부모의 은혜를 저버릴 수 있겠습니까. 더구나 임진년의 일은 조그마한 것까지도 모두 황제의 힘이니, 우리나라가 살아서 숨 쉬는 한 은혜를 잊기 어렵습니다. 지난번 오랑캐의 형세가 크게 확장하여 경사(京師)를 핍박하고 황릉(皇陵)을 더럽혔는데, 비록 자세히 알 수는 없으나 전하께서는 이때에 무슨 생각을 하셨습니까? 차라리 나라가 망할지언정 의리상 구차스럽게 생명을 보전할 수 없다고 생각하셨을 것입니다. 그러나 병력(兵力)이 미약하여 모두 출병시켜 정벌에 나가지 못하였지만, 또한 어찌 차마 이런 시기에 다시 화의를 제창할 수야 있겠습니까.

지난날 성명(聖明)께서 크게 분발하시어 의리에 의거하여 화의를 물리치고 중외(中外)에 포고하고 명나라에 알리시니, 온 동토(東土) 수천 리가 모두 크게 기뻐하여 서로 고하기를 '우리가 오랑캐가 됨을 면하였다.'고 하였습니다. 그런데 이번에 장려하는 칙서가 내려지자마자 부정한 의논이 나왔는데, 차마 '청국 한(淸國汗)'이란 3 자를 그 입에서 거론할 줄은 생각지 못했습니다. 그리고 승지(承旨)와 시신(侍臣)을 내보내라고 한 말이 있으니, 아, 너무도 심합니다. 국정을 도모하는 것은 귓속말로 하는 것이 아니고, 군신 간에는 밀어(密語)하는 의리가 없는 것입니다. 의로운 일이라면 천만 명이 참석하여 듣더라도 무엇이 해로울 것이 있으며, 만일 의롭지 못한 것이라면 아무리 은밀한 곳에서 하더라도 부끄러운 것이니, 비밀로 한다 하더라도 무슨 이익이 있겠습니까. 아, 옛날 화의를 주장한 자는 진회(秦檜)보다 더한 사람이 없는데, 당시에 그가 한 언어와 사적(事迹)이 사관(史官)의 필주(筆誅)를 피할 수 없었으니, 비록 크게 간악한 진회로서도 감히 사관을 물리치지 못한 것은 명확합니다. 대체로 진회로서도 감히 하지 못한 짓을 최명길이 차마 하였으니, 전하의 죄인이 될 뿐 아니라 진회의 죄인이기도 합니다.

홍처후(洪處厚)의 계사(啓辭)와 오달제(吳達濟)의 상소(上疏)는 실로 공론(公論)에서 나온 것인데, 도리어 준엄한 견책을 당하여 사정(私情)을 따라 모함하였다고 지적(指斥)하고, 젖비린내 나는 어린 사람으로 지목하였으며, 심지어는 신상(申恦)을 의망(擬望)하였다는 이유로 특별히 전관(銓官)을 파직시키기까지 하여 만인의 입에 재갈을 물리려고 하였으니, 천둥 같은 위엄에 억눌려 꺾이지 않는 이가 없습니다. 삼사(三司)의 직책을 가진 자가 벌벌 떨면서 모두 입을 다물었고 심지어 이민구(李敏求) 같은 이는 관직이 높은 간장(諫長)으로서 스스로 성상의 총애만 믿고, 공의(公議)는 생각지 아니하여 글을 얽어 인피(引避)하고 갑자기 지난번 올린 계사(啓辭)를 중지하여, 위로는 성상의 뜻에 영합하고 아래로는 명길에게 아첨하고 있으니, 기타 신진 후배 중 이시우(李時雨) 같은 사람들이 간사하게 아첨하는 것은 괴이하게 여길 것이 못 됩니다. 신은 모르겠습니다만, 성명께서는 얻기 전에는 얻으려고 걱정하고, 얻은 후에는 잃을까 걱정하는 그들의 작태를 살피고 계십니까?

신이 명길의 차자를 취하여 보니, 사설(辭說)을 장황하게 하여 성상의 귀를 현혹하고 있기에 다 훑어보기도 전에 눈언저리가 찢어지려고 하였습니다. 거기에 이른바, 국가의 대계(大計)는 국가의 안위(安危)에 관계되는 것이니 연소한 무리가 감히 참여하여 알 것이 아니라는 것과, 정치가 대각(臺閣)에 돌아가고 부의(浮議)에 제재 당한다는 등의 말은 은연 중 대각(臺閣)을 협박하고 공의(公議)를 저지하려는 흉계가 있는 것이니, 아, 간교하고 참혹스럽습니다. 옛날에 좋지 못한 일을 하는 자는 남이 알까봐 숨기려고 하였는데, 지금 명길이 화의를 주장함에 있어서는 팔뚝을 걷어 올리고 나서서 조금도 기휘(忌諱)함이 없이 방자하며, 마침내 주희(朱熹)·호안국(胡安國)

두 현인과 우리나라의 몇몇 명현(名賢)을 들어서 구실을 삼았습니다. 또 지난번 화의를 물리친 것을 성상(聖上)의 과오로 지적하였고, 심지어는 잘못을 고치는 데 인색하지 말라는 말까지 하였으며, 계속하여 말하기를, 생민이 도탄(塗炭)에 빠지고 종묘사직이 혈식(血食)을 하지 못할 것이라고 하여, 말을 변화시켜 성심(聖心)을 동요케 하였습니다. 대체로 밖으로 도적의 강성한 세력을 업고서 안으로 자기 임금을 겁주었으니, 차마 이렇게 할 수 있단 말입니까.

그리고 대론(臺論)이 제기되었더라도 한편으로 서찰을 보내는 것은 나쁠 것이 없다고 하였다고 하는데, 전하를 위해 이런 계획을 세운 자가 누구입니까? 신은 듣건대, 이것도 명길이 경연(經筵)에서 드린 말이라고 합니다. 조정을 무시하고 대각(臺閣)을 무시함이 어찌 이 지경에까지 이르렀습니까. 이 말 역시 전하의 나라를 망하게 하기에 충분한 것인데, 전하께서는 그 죄를 바로잡지 않으셨을 뿐만 아니라 도리어 그 말을 들어주어 합계(合啓)가 한참 펼쳐지고 있는데 국서(國書)는 이미 강을 건넜습니다. 아, 국가가 대간(臺諫)을 설치한 것이 또한 무슨 소용이 있습니까. 장차 임금으로 하여금 위에서 독단하여 의리를 돌아보지 않고 대론(臺論)을 생각지 않으며 부정한 의논만을 따르고 아첨하는 신하만을 의지하여 결국 나라를 잃게 한 후에 말 것이니, 이것은 명길이 계도(啓導)한 것입니다. 여기까지 말하다 보니 머리털이 곤두섭니다.

이행건(李行健)의 피혐(避嫌)하는 말에 이르기를 '대론이 조정되기

전에 지레 들여보내는 것이 어떨지 모르겠다.'고 하였으니, 만일 시비를 몰랐다면 이는 아무런 생각도 없는 사람이니 크게 책망할 것이 못되거니와, 혹 시비를 알고도 일부러 이런 모호한 말을 하였다면 안으로는 자기 마음을 속이고 밖으로는 하늘을 속이는 것이 아니겠습니까. 정태화(鄭太和)는 공의(公議)가 한참 펼쳐질 당시에 부정한 의논을 억지로 끌어다 대어 곡진히 아첨하다가 청의(淸議)에 버림을 당했는데 전하께서 특별히 집의(執義)를 제수하셨으니, 이는 전하께서 신하들에게 아첨하도록 인도하신 것입니다.

아, 국사가 이 지경에 이른 것은 차마 말할 수 없는 것인데, 전하의 이목(耳目)이 되고 전하의 유악(帷幄)에 있는 자 중 임금의 뜻을 거슬려가며 직간(直諫)하는 자가 한 사람도 없습니다. 이는 참으로 신하들이 임금을 잊고 나라를 저버린 죄를 지은 것인데, 과연 누가 그렇게 만들었습니까. 아, 조종조(祖宗朝)의 부여한 책임과 신민(臣民)의 커다란 소망이 모두 전하의 한 몸에 모여 있는데, 뜻을 영합하는 부정한 말에 현혹되시어 직간하는 자가 있으면 온 힘을 기울여 진노하여 물리치시고, 성의(聖意)를 살피어 아첨하여 기쁘게 하는 자는 미치지 못할 듯이 높여 권장하고 총애하여 발탁하시니, 신은 천하 후세에 전하를 어떤 임금이라고 이르며 나라를 어떤 지경에 놓아두실지 모르겠습니다. 아, 당당하던 수백 년의 종묘사직을 결국 명길의 말 한마디에 망하게 하시렵니까? 신은 대정(大庭)에서 통곡을 하고 싶어도 그렇게 할 수가 없습니다. 신은 타고난 성품이 어리석고 망령되어 때에 따라 맞추어 나가지 못하니, 차마 오늘날의 삼사(三司)와 더불어 행동을 같이하여 구차스럽게 마음에 들도록 결코 못하겠습니다. 바라건대 사판(仕版)에서 깎아내어 공사(公私)간에 편케 하소서.」

상소(上疏)가 들어가자 대내(大內)에 머물려 두었다. 이에 대사간(大司諫) 이민구는 배척을 당했다는 이유로 인피하고, 양사(兩司)의 많은 관원도 서로 뒤를 이어 인피하였으며, 옥당(玉堂)은, 삼사는 한 몸이니 감히 처치할 수 없다 하여 상소하여 사직하였다.

상이 하교하기를, "윤집(尹集)이 삼사를 꾸짖어 욕한 것은 우연한 것이 아닌 듯싶고 옥당이 처치하지 못하겠다는 것도 소견이 있는 듯하니 어떻게 처리하면 좋을지 모르겠다. 나처럼 걸핏하면 허물을 얻는 자는 진퇴시키기가 어려운 형편이니, 윤집으로 하여금 양사를 처리하게 하든지 해조(該曹)로 하여금 회계(回啓)하게 하라. 그리고 판윤 최명길은 당일의 말이 중신을 침범하여 이러한 지경에 이르게 하였으니 몹시 부당하다. 중한 율에 따라 추고하여 시비를 함부로 논하여 국가에 해를 끼친 죄를 징계하라." 하였다.

대개 지난날 경연 석상에서 명길이 조경(趙絅)의 일로 인하여 김상헌(金尙憲)의 단점을 말하였는데, 윤집은 상헌의 일가 사람이다. 상은 그가 상헌에게 편당(偏黨)하여 명길을 공박하는 것이 아닌가 의심하였으므로 이런 하교가 있은 것이다. 정원이, 양사가 윤집의 상소로 인하여 인피하였는데 윤집으로 하여금 처리하게 하는 것은 옳지 않다고 하니, 이에 이조(吏曹)가 옥당 신하들로 하여금 처치하게 할 것을 주청하였는데, 상이 따랐다.

교리(校理) 조빈(趙贇), 수찬(修撰) 이도(李禂)·이만(李曼) 등이 마침내 차자를 올렸다.

「사람들의 말이 실정(實情) 밖에서 나온 것이라고 하더라도 스스로의 처신을 구차스럽게 할 수 없습니다. 신들이 얼굴을 치켜들고 무릅쓰고 나온 것도 부득이한 데서 나온 것입니다. 대간이 된 자는 반드시 남의 비방을 당하고도 그대로 재직하는 이치가 없으니, 함께 체차(遞差)하소서.」

상이 답하기를, "이미 말이 실정 밖에서 나왔다고 하고는 또 모두 체차하기를 청하니 고금에 어찌 이런 공론이 있는가. 그대들은 시비를 가리는 것으로 중함을 삼지 않고, 다만 꾀를 부려 피하고 억지로 끌어다 붙이는 것으로 일을 삼으니, 참으로 몹시 한심스럽다. 위로는 임금의 손을 묶어놓고 아래로는 의견을 달리하는 자의 혀를 붙들어 맨 뒤에야 마음이 상쾌하겠는가. 모두 계사(啓辭)에 따라 시행하라." 하였다.

— 국사편찬위원회, 조선왕조실록 사이트에서

최명길의 국가의 재건 상이 국가를 지키었다는 내용과 문제를 다룬 차자

《인조실록》 1637년 5월 15일조 1번째 기사

우의정(右議政) 최명길(崔鳴吉)이 차자(箚子)를 올리니, 그 차자는 이렇다.

「삼가 전하께서는 총명과 예지로 큰일을 해낼 자질이 있으셨으며 혼란을 타개하고 중흥한 공로는 조상에 빛나셨는데, 불행하게도 십수 년 이래로 여러 차례 큰 변란을 만나 갖은 험난함을 경험하셨습니다. 중간에 법과 제도를 창립하여 백성을 구제하고 폐단을 보완하려고 하셨으니, 대동법(大同法)이나 호패법(號牌法) 등의 일은 훌륭한 법이었습니다. 그러나 유사(有司)가 받들어 행하기를 삼가지 않아서 마침내 성공을 거두지 못하여 전하의 의욕적인 뜻은 점차 총명하고 과단성 있던 처음만 못하여졌습니다.

지난해 겨울에 있었던 변(變)은 갑작스레 만난 천지개벽 이래 미증유(未曾有)의 병란(兵亂)으로 멸망의 화(禍)가 순식간에 임박했던 것인데, 전하께서 모욕을 참고 몸을 굽혀 종묘사직을 보전하셨습니다. 시대의 형세를 참작하고 의리로 헤아려 볼 때 이것과 바꿀 계책이 없었습니다. 성덕(聖德)에 있어서 무엇이 손상되셨기에 신이 누차 향안(香案)을 모시면서 천안(天顔)을 살펴보니 안색이 좋지 않으신 데다 우울한 표정으로 늘 근심에 쌓여 즐겁지 못한 것이 있으신 듯했습니다. 이는 아마도 성명께서 고금의 사변(事變)을 달관하지 못하시어 전일에 출성(出城)하셨던 일만을 가지고 매우 불만스럽게 여기고 계신 듯합니다. 이에 대해 어리석은 신의 의견을 말씀드리겠습니다.

지난해 용골대(龍骨大)가 차사(差使)로 왔을 때, 나이 젊은 대각(臺閣)의 신하가 지나치게 경망한 논박을 하였는데, 묘당에서는 제대로 진정하여 막지를 못해서 앉아서 하늘에 닿는 화를 초래하였으니, 이것은 진실로 여러 신하들의 죄입니다. 그러나 전하께서도 속으로 이미 그것이 옳은 계책이 아닌 줄을 알면서 제대로 엄하게 거절하지 못하셨으니, 이것은 전하의 허물입니다.

남한산성의 싸움에서는 고립된 성이 40여 일 동안 포위되어 있다 보니 안과 밖이 통하지 못하여 명맥(命脈)이 단절되어, 안으로는 성첩(城堞)을 지키는 장사가 얼고 굶주려 죽어가고 밖에서는 8도의 구원병이 서로 잇따라 무너졌으며, 성중에 있는 양식은 열흘을 지탱할 수 없는데 강화도에서 패전 보고가 갑작스레 도착하자, 잠깐 사이에 군정(軍情)은 술렁거리고 불측한 변고가 눈앞에 닥쳤습니다. 이러한 때를 당하여는 지혜 있는 이도 그 지혜를 쓸 곳이 없고, 용맹

한 자도 그 용맹을 시험할 곳이 없습니다. 가령 전하께서 융통성 없이 필부의 절개를 지키셨더라면, 종묘사직은 멸망했을 것이고 백성도 다 죽었을 것입니다. 다행히도 하늘이 전하의 마음을 열어 단번에 깨닫게 하셔서 묘당의 의견을 받아들이시고 백성들의 바람을 따르시니, 하루 안에 위기가 변하여 종묘사직의 혈식(血食)을 연장하게 되고, 생령(生靈)이 어육(魚肉)됨을 모면하게 되었습니다. 전하의 지극한 어짊과 큰 용맹이 아니었다면 어떻게 이런 일을 하였겠습니까.

공자(孔子)는 '작은 것을 참지 못하면 큰 계획을 망친다.'고 하였고, ≪춘추공양전(春秋公梁傳)≫에 이르기를 '권도(權道)를 실시하는 것은 죽거나 망하는 경우가 아니면 실시하지 않는다.' 하였으며, 또 이르기를 '권도를 행하는 것에 도리가 있으니, 스스로를 폄하하여 권도를 행한다.' 하였습니다. 대체로 예측하기 어려운 것은 세상의 변동이고 무궁한 것은 의리입니다. 천하가 무사할 때는 경상(經常)을 잘 지키는 일은 현명한 자나 불초한 자가 동일하게 할 수 있습니다. 그러나 역경을 만나 자신이 어쩔 수 없는 입장에 처하게 되면 능히 변통하여 도와 더불어 행한 다음에야, 마침내 성인(聖人)의 큰 권도라고 할 수 있는 것입니다. 옛날 무왕(武王)이 은(殷)나라를 정복하였을 때 미자 계(微子啓)는 손을 뒤로 묶은 다음, 입에 규벽(圭璧)을 물고 무왕에게 귀순하였습니다. 왕은 몸소 그 포박을 풀어주고 예우하여 송(宋)나라에 봉해 탕(湯)의 제사를 받들게 하였는데, 공자(孔子)는 '은나라에 어진 세 사람[三仁人]이 있었다.'고 칭송

하였습니다. 제(齊)나라 공자(公子) 규(糾)의 난에 관중(管仲)은 죽지 않고 포로가 되기를 청하였는데, 자로(子路)와 자공(子貢)이 모두 이 일에 대하여 의심하니, 공자는 '관중은 천하를 한 차례 바로잡아 백성이 지금까지 그의 혜택을 받고 있다. 어찌 평범한 남녀들이 절의를 지키다 스스로 죽어 도랑에 나뒹굴어도 누구 하나 알지 못하는 경우와 같겠는가.' 하였습니다.

가령 이 두 사람이 자기 일신을 위하여 이러한 일을 하였다면, 수치스럽고 천한 행위임을 모면할 수 없는데 무엇을 족히 취하겠습니까. 오직 때에 따라 의리에 맞추고 몸을 굽혀 권도를 행하여, 혹 조종(祖宗)의 혈식(血食)을 중하게 여기기도 하였고, 혹은 혜택이 사물에 미치게 할 마음이었으므로, 공자가 모두 인(仁)하다고 허여(許與)한 것입니다. 더구나 지금 전하께서 성 밖으로 나가신 경우는 원래 미자와 관중이 겪었던 모욕은 없었으며, 종묘를 보전하고 생령을 보호한 공로는 옛날에 비하여 빛이 납니다. 가령 세상에 공자가 있었다면 반드시 두 사람에게 허여했던 것으로 전하에게 돌렸을 것입니다.

듣건대 선비들 사이에 '나라의 군주는 사직에 죽어야 한다.'는 설(說)로 오늘날의 일을 비꼬는 자가 있다고 하는데, 이것은 매우 미혹된 말입니다. 대개 나라의 군주는 사직에 죽어야 한다는 말은 바로 ≪예기(禮記)≫의 말인데, 해석하는 이들은 '나라가 망하면 역시 망하여야 한다.' 하였습니다. 그러나 나라가 망하지 않았는데 그 군주가 죽지 아니한 것을 허물한 것은 신은 듣지 못하였습니다. 세상에 융통성 없는 선비들이 경문(經文)의 본뜻은 알지 못하고 한낱 깊이 없는 고루한 견해로 망령되이 조정에 대해 논의하려고 하니, 그 얼마나 잘못된 것입니까.

아, 미자(微子)는 은(殷)나라의 일개 공자(公子)이며 관중(管仲)은 제(齊)나라의 미천한 신하로서 모두 종묘사직과 민생을 보살펴야 할 책임이 없는데도 포로가 되거나 천하를 구제하는 것으로 자신의 책임을 삼았는데, 더구나 천승(千乘)의 군주는 종묘사직과 생령이 의탁하고 있는데 도리어 그 몸을 가볍게 하여 도랑에 죽어 뒹구는 것을 달게 여기고 뒤돌아보지 않겠습니까. 옛일에 찾아본다면 경(經)과 전(傳)의 분명한 교훈과 성인과 현인의 지난 자취가 모두 근거할 수 있습니다. 오늘날의 경우로 살펴본다면 조정의 기로와 산림(山林)의 노사(老師)들이 이의를 제기한다는 것을 듣지 못하였는데, 편벽되고 고집스러운 무리가 있어 시의(時宜)에 달하지 못하고 융통성 없이 자기 견해만 고수하고 있습니다. 이것은 대체로 식견이 밝지 못하고 너무 지나치게 자신을 믿음으로써, 그것이 그릇되고 망령되다는 것을 스스로 깨닫지 못하는 것이니, 역시 책망할 만한 것도 못 됩니다. 다만 전하의 고명(高明)함으로도 마치 지난날의 일에 대해 혐의스러운 마음을 가져 의지와 기백이 조금이라도 꺾인다면, 쇠약함을 일으키고 잘못됨을 털어버리는 사업을 다시 어디에 바라겠습니까. 이것이 신이 크게 민망히 여기는 것입니다.

유리(羑里)의 재액(災厄)은 성스러운 철인(哲人)이 구금된 것이므로 사문(斯文)의 다급한 때라고 할 수 있는데, 문왕(文王)은 능히 도를 좇아 덕을 배양하고 시기가 아닌 줄을 알고 언행을 삼가여 자기를 나타내지 않았으며, 지혜로 두루 방비하여 정당함을 잃지 않았으므로, 포승줄에 묶였어도 모욕이 아니었고 도를 굽혀 죽음을 모면하였지만 아첨이 아니었습니다. 그러므로 ≪역경(易經)≫에 '명이(明夷)는 어려울 때임을 알고 바르고 곧게 하는 것이 이롭다. 안으로는 문명(文明)하면서 밖으로는 유순하여 환난을 견디어낸 것이니, 문왕이 그러하였다.' 하였으니, 대체로 성인이 일찍이 곤경을 당하지 않던 것이 아니라, 오직 정당한 도리로 대처하였기 때문에 곤경을 능히 헤쳐 나갈 수 있었던 것입니다. 오늘날은 바로 전하의 명이이니, 가령 전하께서 어려운 때임을 알고 바르고 곧은 덕을 더욱 쌓으신다면, 이 역시 문왕과 같으실 것입니다. 바라건대, 전하께서는 이 일로 속상해 하지 마소서. 천운은 돌고 돌아 흘러가면 되돌아오기 마련이며, 음이 극에 달하면 양이 회생하고, 비(否)가 극에 달하면 태(泰)가 오는 것입니다. 더구나 전하의 지극한 덕과 순박한 행실은 백왕(百王)의 으뜸이시며 춘추는 아직 젊으시고 정무에도 부지런하시니, 진실로 이러한 때에 군신 상하가 협심 분발하여 함께 국사를 도모한다면, 하늘의 뜻을 되돌리기가 어렵지 않으며 민심을 진정시키기가 어렵지 않을 것입니다.

신은 듣건대, 비방을 정지하는 데는 방법이 있으니 뜻을 세우는 것이며, 정치를 하는 데는 요령이 있으니 인재를 얻는 것이며, 수하(手下)를 제어하는 데는 방술(方術)이 있으니 기강을 세우는 것이라고 하였습니다. 뜻을 안으로 세우고 덕을 몸에 닦아서 현명하고 유능한 이를 등용하며 기강을 닦아서 밝히고도, 정치와 교화가 펴지지 않고 백성들의 비방이 멈추지 않는 경우는 없었습니다. 주변에서 널리 찾아내어 쓰는 것이 인재를 등용하는 도리이지만 좋아하고 싫어함을 분명히 밝히지 않아서는 안 되며, 공정하게 듣고 아울러 살피는 것이 진언(進言)을 듣는 도리이지만 시시비비를 결정하지 않아서는 안 됩니다. 시비가 결정되고 좋아하고 싫어함이 분명해지면, 앞서의 잘못된 것이 옳은 것으로 돌아오지 않는 경우가 없습니다. 활 쏘는 것에 비유한다면 전심 일의(專心一意)로 오직 표적을 맞추기만을 구한다면 비록 명중하지 못하는 것이 있다 하여도 적을 것이며, 남에게 흔들려서 자주 그 표적을 옮긴다면 비록 명중하는 것이 있더라도 적을 것입니다.

정묘년 변란에 화친으로 전쟁이 그쳤으니, 이것은 화친의 효과가 이미 드러난 것입니다. 그런데 명분만 좋아하는 무리가 괴이한 논의를 주장하여 화친을 주장한 자는 노예로 삼고 화친을 배척한 자는 주인으로 삼아 10여 년 동안 묘당(廟堂)과 대각(臺閣)이 서로 어긋나 오늘날의 화를 초래하게 된 것이니, 이것은 바로 국시(國是)가 정해지지 아니한 증거입니다. 조정이란 사방의 기강이며, 대신(大臣)이란 인주(人主)의 심복이며, 육조(六曹)란 인주의 고굉(股肱)이며, 대각이란 인주의 이목(耳目)이니, 고굉과 이목으로 각기 그 직무를 수행케 하는 것은 바로 심복이 해야 할 일입니다. 그러므로 사방을 다스리고자 하는 이는 마땅히 조정에서부터 시작해야 하고, 조정을 바로잡으려고 한다면 당연히 대신과 육조와 대각에서부터 우선해야 합니다. 그런데 지금 신과 같은 보잘것없는 자가 대신의 반열을 욕되게 하고 있으니, 진실로 심복의 의탁(依託)을 감당하기에 부족합니다.

그러나 국가의 근래 규정으로 본다면, 비록 재주가 관중(管仲)과 제갈량(諸葛亮) 같고 충성이 왕촉(王蠋)과 위징(魏徵) 같아도 아마 재주를 펼쳐볼 길이 없을 것입니다. 왜냐하면 서사(署事)가 혁파되자 대신이 그 직책을 잃었고, 낭천(郎薦)이 시작되자 양전(兩銓)이 그 직책을 잃었으며, 피혐(避嫌)이 일어나자 대각이 그 직책을 잃었기 때문입니다. 전하께서 정치를 하시고자 아니하신다면 그뿐이지만, 만일 정치를 해보시려고 하신다면 이러한 잘못된 예는 마땅히 변통하셔야 할 것입니다.

삼대(三代)의 관직제도는 아득히 멀어서 그 자세함을 알 수 없지마는, 서한(西漢)의 정치는 오로지 삼공(三公)에게 위임하였고, 그 말엽에 왕망(王莽)이 정권을 전담하여 마침내 찬탈의 모의를 이루었으며, 동한(東漢)은 이것에 징계되어 삼공의 위망(位望)이 비록 높았으나 그 권세는 자못 가벼워 정사를 모두 상서(尙書)에게 결재를 받았으니, 동한의 정치가 서한에 못 미친 것은 이 때문이었습니다.

당(唐)나라나 송(宋)나라 때에 이르러서는 동평장사(同平章事)에게 전임하여 삼공이 용관(冗官)이 되었으니, 비록 옛 제도와는 다르지만 정령(政令)을 내는 것과 형벌과 포상을 실시하는 것과 인재를 등용하고 마는 것이 모두 한 곳에서 나왔습니다. 오늘날로 말할 것 같으면 소위 동평장사란 것은 마치 오늘날 비국 유사(備局有司)의 임무와 같아서 벼슬도 그다지 높은 것이 아니며 나이도 별로 쇠모(衰耗)하지 않았습니다. 벼슬이 높지 않기 때문에 임무를 비록 전담한다 하여도 핍박되는 혐의가 없으며, 나이가 쇠모하지 않았으므로 일이 비록 번잡하다 하여도 옹체(壅滯)될 걱정이 없습니다. 관직을 설치하게 된 그 본의를 살펴보면, 대체로 정치하는 도리에 식견이 있었던 것입니다.

서사(署事)하는 규정은 중간에 폐지된 지가 이미 오래 되었으니 갑작스레 회복하기는 어렵겠습니다마는, 역시 약간은 조정하여 국사를 꾀하고 정치를 논하는 곳에 약간의 정신 운용(精神運用)의 기틀이 있게 한 다음에야 국사를 마침내 경영할 수 있을 것입니다. 지금의 비변사(備邊司)는 즉 송(宋)나라 때의 추밀원(樞密院) 제도로서 삼공이 여기에 있으면서 국사를 논의하니 역시 의정부(議政府)와 유사한 곳이나, 다만 임시로 설치한 곳이므로 일이 많이 구차하고, 사람들이 보기를 도리어 육조(六曹)나 대각보다 중하지 않는 것으로 여기고 있습니다. 이러한데 다스려지기를 바란다는 것은 신이 보기로는 노력을 하면 할수록 효과는 없을 듯합니다. 그러므로 신의 생각으로는, 비변사란 호칭을 바꾸어 마치 옛날의 중서성(中書省)이나 추밀원, 혹은 고려의 도평의사(都評議司)의 호칭과 같게 하고, 유사 당상(有司堂上) 두 명을 추천하여 낙점(落點)을 받아서 국가에서 임명장을 내려 실직(實職)이 있으면 겸대(兼帶)라고 호칭하고, 실직이 없으면 이것으로 실직을 삼아 오로지 본사(本司)의 임무만 관장케 하여, 그 명예와 이름이 삼사(三司)나 양전(兩銓)보다 위에 있게 하며, 기타 당상은 참예기밀(參豫機密)이라는 명칭으로 역시 정목(政目)에서 임명장을 내리되 마치 지제교(知製敎)나 겸춘추(兼春秋)의 예와 같게 하며, 모든 국가의 행사가 있을 때 삼공이 총재(摠裁)가 되고 유사 당상이 주관을 하되, 육경(六卿) 및 추밀(樞密)의 여러 신하들이 참여하여 토론하여야 한다고 여겨집니다. 이와 같이 한다면 체통이 높아지고 일이 법도가 있어서 한(漢)나라의 승상부(丞相府)와 우리나라의 서사청(署事廳)과 당(唐)나라의 중서성(中書省)과 송(宋)나라의 추밀원(樞密院)이 합하여 하나가 된 것으로 권세가 무겁다는 혐의도 없을 것이며 또한 위치가 가볍다는 탄식도 없을 것이어서, 국사가 훌륭히 이루어질 희망이 있을 것입니다.

우리나라는 크고 작은 관리의 임명이 모두 전장(銓長)에게서 나오는데, 유독 이조(吏曹)와 병조(兵曹)의 낭관(郎官)은 낭청(郎廳)에게 천거하게 하므로 당하 청망(堂下淸望)의 임명이 모두 낭관의 손에서 나옵니다. 이 때문에 전랑(銓郞)의 권한이 지나치게 중하여, 때때로 조정을 휩쓸고 매번 낭관을 천거할 때가 되면 나이 젊은 명류(名流)

들이 기염을 토하며 서로 배격하여 반드시 다투어야 할 곳으로 알고 있으니, 이것이 바로 당론(黨論)의 근원지입니다. 그래서 선조(宣祖)께서 이 풍습을 깊이 미워하여 특별히 명하여 혁파하게 하였으므로 지금 병조 낭청(兵曹郎廳)은 으레 성명(姓名)을 기록하여 본조(本曹)에 비치하고 차례대로 의망(擬望)하며, 이조(吏曹)에서는 그 기명록(其名錄)을 버려서 형적(形跡)을 피하고 있습니다. 그러나 폐단적인 풍습은 모조리 혁파되지 않아, 비록 낭관을 천거하는 형적은 없으나 실지로는 낭관을 천거하는 규정은 존재하고 있습니다. 신은 이 규정을 단호하게 혁파하지 않으면, 당론은 종식될 때가 없을 것이며 조정은 조용할 때가 없을 것이라고 여깁니다.

병조(兵曹)에 있어서는 비록 이조의 낭관을 천거하는 것처럼 폐단이지 않으나, 나이 젊은 낭관이 각기 친분이 있는 이를 끌어대어 반드시 모두가 합당한 사람을 천거하는 것이 아니고, 일찍이 낭관을 지냈던 자는 재국(才局)의 우열을 논하지 아니하고 단지 그들 중의 의망의 차례로 의망하여 고하의 차등을 삼고 있습니다. 이는 전혀 관직을 위하여 인재를 선택하는 의미가 없는 것이니, 일체 혁파하여 전적으로 전조(銓曹)에 귀속시키는 것이 타당합니다.

옛날에는 대간(臺諫)이 각자가 일을 말하되 견제하는 바가 없었으므로 사람마다 자기 생각을 제대로 말할 수 있어서 충성스러운 자, 아첨하는 자, 올곧지 못한 자, 정직한 자를 분별하기가 쉬웠는데, 지금은 대간이 하나의 조그만 일을 논하려 하여도 반드시 전체의 동의를 구하여야 하고, 하나라도 합의가 안 되면 벌떼처럼 일어나서 피혐(避嫌)하여 사람들로 하여금 자기의 소견을 지킬 수 없게 하니, 뭐라고 말할 수조차 없습니다. 그리고 사람이 요(堯)·순(舜)이 아닌 이상 일마다 다 잘할 수는 없는 것인데, 유독 대간에게만 어찌 조그만 허물도 없기를 요구할 수 있겠습니까.

신은 듣건대, 조종(祖宗) 때 대간이 추고(推考)를 당하면 양사(兩司)에서 서로 조사하여 진실로 그 직책에 알맞으면 가벼이 교체함을 허락하지 않았다고 하였습니다. 일찍이 성종(成宗) 때의 고사를 보니, 대사헌(大司憲) 양성지(梁誠之)는 9년을 대사헌 자리에 있었으니 국가 원기(國家元氣)의 충후(忠厚)함을 엿볼 수 있습니다. 오늘날로 말하면 옥당(玉堂)의 유신(儒臣)이 양사보다 중하여 비록 추고를 당하여도 평소와 같이 직위에 있고, 모든 차론(箚論)하는 일은 이의가 있으면 오직 다수를 따르며, 그러고 싶지 않으면 회피하여 참석하지 아니하되, 또한 차자를 올려 자기의 소견을 진달(進達)할 수도 있습니다. 삼사의 사례(事例)도 이치상 마땅히 이렇게 하여야 하는 것입니다.

지금은 세상의 도리가 옛날 같지 않고 야박한 것이 풍습으로 굳어져, 만일 사람마다 각기 일을 말하게 한다면 소요스럽고 너저분하여지는 폐단이 있을까 염려됩니다. 그러니 다만 옥당의 예에 의거하여 다수로 주장을 삼고, 그 나머지는 혹 참여하지 않거나 혹은 별도로 소견을 진달하되, 그 마음이 모두 공정한 데서 나오게 한다면 모두 포용하여도 해로울 것은 없으니, 비단 언로를 더욱 확장할 뿐만 아니라 또한 충분히 협동하는 아름다움을 이룰 것입니다.

그리고 대관(臺官)은 혹 전일 재직 시에 추고를 당한 일이 있더라도 인피(引避)하지 말 것이며, 다만 헌부의 관원은 조사하는 자리에 참여하지 않는 것이 사의(事宜)에 합당합니다. 선조(宣祖) 때는 피혐하는 것이 번거롭지 않아 오히려 옛스러움에 가까웠으나, 혼조(昏朝) 말년에 이르러서는 대간이 자주 난처한 일을 만나서 혹 평상시의 복장으로 출입하였다고 칭하기도 하며 혹은 재신(宰臣)을 범마(犯馬)하였다고 칭하기도 하면서 교묘하게 인피하는 계책을 삼았는데, 잘못된 습관이 한번 열려서 지금까지도 오히려 남아 있으니, 더욱 통탄스럽습니다. 지금 이후부터는 계책을 마련하여 교묘하게 인피하는 자와 진실로 허물을 범하여 혐의를 들어 자수하는 자는 그 정상과 잘못의 경중에 따라 혹 변방의 직무를 맡겨 내치기도 하고 혹 그 직책을 파직하기도 하여 대간이라고 하여 용서하지 않는 것이 옳을 것입니다. 오직 피혐(避嫌)하지 않을 수 없는 것이 두 가지가 있으니, 혹 주상의 엄지(嚴旨)가 있거나 혹은 남에게 들어난 배척을 받았다면 정상을 호소하고 물러나기를 구하여 공의(公議)를 기다리는 것은 진실로 어쩔 수 없는 것이며, 공의가 그의 출사를 이미 허락하였다면 굳이 재차 인피할 것은 없습니다. 또한 혹 아래에서 체직(遞職)하기를 청하는데 군상이 특별히 체직하지 말라고 명하면 은혜에 대해 더욱 감격하여 언책(言責)에 더욱 힘써야 마땅

한데, 지금은 그렇지 않고 삼사의 공론이라고 핑계하여 반드시 체
직하고야 마니, 이것은 임금의 진퇴시키는 고유 권한을 도리어 아
래에서 빼앗은 것이니 아주 부당합니다. 이 폐단도 혁파하지 않을
수 없습니다.

그리고 옥당에서 차자를 올릴 일이 있으면 먼저 간통(簡通)을 발
하여 반드시 동료가 일제히 모이기를 기다려 상의하여 처리하는데,
양사는 개좌(開坐)하기를 기다리지 아니하고 자기의 집에서 먼저
계사(啓辭)의 초(草)를 구성해서 집에 있는 동료에게 간통하여 하루
내에 귀일(歸一)되게 하려고 하니, 동료가 혹시 집에 있지 않을 경
우 서리(書吏)는 간통을 들고 도성 안을 돌아다니면서 찾아야 합니
다. 그러므로 어떤 새로 아뢸 것이 있으면 으레 해가 저물게 되며,
동료도 그 간통을 보고 비록 자기 견해와 같지 않은 점이 있더라
도 계사를 올리기에 급급해 하기 때문에 긴요한 일이 아니면 어쩔
수 없이 뜻을 굽혀 따를 수밖에 없게 됩니다. 간관(諫官)의 사체(事
體)가 이래서는 안 됩니다. 신의 생각으로는, 양사의 계사도 옥당의
규례에 의하여 반드시 일제히 한자리에 모여 상의하여 결정하고
동의하는 이는 연명(聯名)으로 써서 올린다면, 군색하고 바쁠 걱정
도 없고 또한 정밀하게 살피는 이익도 있을 것이며, 각 관원의 논
의에 대한 견해의 차이를 물어볼 것도 없이 자연히 알 수 있을 것
입니다.

논의하는 자들은 반드시 '이러한 일들은 군국(軍國)의 대정(大政)

에 관계되지 않으니 당초부터 대단한 손익도 없는데 굳이 이때에 급급히 할 필요가 있는가.' 하겠지마는, 신은 그렇지 않다고 여깁니다. 지금 어떤 사람이 있는데, 기상이 너그럽고 말을 하거나 침묵하거나 절도가 있다면 일을 처리하고 사물을 대하는 데 있어서 모두 그 알맞음을 얻어 일신이 강녕하고 재앙이 이르지 않을 것입니다. 조정의 거조(擧措)는 곧 국가의 기상입니다. 어찌 기상의 급급함이 이와 같은데 능히 강녕(康寧)한 복을 이룰 수 있겠습니까. 그리고 일이란 진실로 시기를 기다리고 가벼이 움직여서는 안 될 것이 있으니, 백성을 수고롭게 하여 군중을 움직이는 것과 법과 제도를 변역(變易)하는 등의 일이 바로 그것입니다. 금일 진달하는 것은 바로 잘못된 전례를 변통(變通)하는 것이니, 행하는 것은 한 호령의 사이에 지나지 않습니다. 오직 비국을 변통하는 일만은 자못 중대합니다만 이렇게 하지지 않으면 바로잡아 구제할 희망이 만무하며, 또한 시행하는 것도 역시 매우 편이하고 조금도 번거로울 걱정이 없습니다. 오직 성상께서 과단성 있게 시행하기에 달려 있을 뿐입니다. 바라건대 신의 이 말을 묘당에 내려 정부와 육조, 삼사 장관으로 하여금 합의하여 처리하게 하소서."

상이 답하기를, "차자를 잘 보았다. 차자의 내용을 깊이 생각하고 논의하여 처리하겠다." 하였다.

— 국사편찬위원회, 조선왕조실록 사이트에서

영의정 최석정이 조부 최명길의 원통함을 해명하는 상소문
《숙종실록보궐정오》 1706년 3월 9일조 1번째 기사

영의정(領議政) 최석정(崔錫鼎)이 송무원(宋婺源)의 상소한 일로써 진소(陳疏)하여 그 조부(祖父) 최명길(崔鳴吉)의 원통함을 해명하였는데, 대략에 이러하다.

『남한산성(南漢山城)의 일을 오히려 차마 말하겠습니까? 고립된 성은 포위를 당하고 적세(賊勢)는 빙릉(憑陵)하여 8도의 백성이 다 죽게 되고, 묘사(廟社)·대군(大君)이 모두 강화도에 있으며 천참(天塹)은 수비를 하지 못하여 화변(禍變)이 그지없었으니, 지난번에 군신 상하가 한갓 일체의 마음만 지키고서 권도(權道)를 마련할 계책을 생각하지 않았더라면, 그것이 종묘사직에 어떻게 되었겠습니까? 우러러 생각하건대, 우리 인조 대왕(仁祖大王)께서는 지극히 어지신 마음으로 성인(聖人)의 권도를 행하셔서 국가의 운명[邦祚]을 끊어지려는 데서 이으시고, 종묘의 체모(體貌)를 거의 망하게 된 데서 온전히 하시니, 성대한 덕과 큰 공은 백세(百世)에 영원히 힘입게 되었습니다.

아! 두렵습니다. 신(臣)의 선조(先祖) 최명길은 기쁨과 근심을 나라
와 같이하는 사람으로서 국사(國事)를 담당하여 화의(和議)를 강력히
주장하였는데, 그 말한 바는 모두 경훈(經訓)을 끌어서 증거하고 의
리를 참고하여 조사한 것이지, 한갓 시세(時勢)에 몰려서 한 것은
아닙니다. 진실로 후세에 식견이 얕은 사람으로서 경솔히 의논할
바가 아닌데도 지금 곧 뒤쫓아 침범하고 헐뜯어 방자한 말이 거리
낌이 없으니, 다만 그들이 제 역량을 알지 못하는 것을 보겠습니
다. 신의 조부가 이미 화의를 주장하였으니, 화친을 배척하고 상경
(常經)을 지키는 사람의 의논과 서로 부합되지 않는 것은 이치나 형
편으로 보아 그렇게 되겠지마는, 그 본정(本情)을 캐어보면 어찌 사
심(私心)을 가지고 밀쳐낼 뜻을 두었겠습니까? 심지어 그가 두어 가
지 일을 나열하여 신(臣) 자신을 꾸짖어 배척한 것은 또 한 번 웃음
거리도 되지 않습니다. 그리고 그가 이른바 '연경(燕京)에 사신으로
갔다 돌아와서 스스로 말했다.'고 한 것은 곧 백지 두찬(白地杜撰)이
고, 지난해 서첩(書帖) 한 가지 일은 스스로 이 일과 관계가 없는 것
이니, 남을 위해 죄주기를 구하는 데에 진실로 변명할 것도 못되는
것이 있습니다. 송무원 등의 주장하는 뜻이 오로지 쫓아버리는 데
에 있다면 그들이 터무니없는 것을 모아서 얽어 만드는 것은 사실
로 일을 논하는 데의 전제(筌蹄)로 삼는 것입니다. 신이 어질지 못
하고 보잘것없음으로 인하여 위로는 국가에 잘못하여 욕되게 하고
아래로는 조선(祖先)에게 속이고 더럽혔으니, 장차 무슨 안면(顔面)

으로 다시 조신(朝臣)의 수위(首位)에 서겠습니까? 다만 선조의 평생 사적(事蹟)을 문득 한 번 아뢰어 알리려고 하였으나 마침내 되지 못한 바가 있었는데, 삼가 이에 우매함을 무릅쓰고 헌의(獻議)하는 바입니다.

신의 조부가 화친을 주장한 의논은 스스로 본말(本末)이 있으니, 정묘년의 일은 의도가 싸움을 멈추고 화(禍)를 늦추는 데 있었으며, 병자년 봄의 일은 근심이 흔단(釁端)을 도발(挑發)하여 멸망을 재촉하는 데 있었으니, 모두 형제(兄弟)로서 약속한 것은 계획이 기미(羈縻)에서 나온 것이므로 진실로 논할 것이 없거니와, 남한산성의 일에 있어서는 강약(強弱)의 형편이 이미 버틸 수가 없고 존망의 기틀이 급박하여 호흡 사이에 달려 있었으니, 당시에 화친을 강구하던 의논이 무릇 어찌 그만두어도 될 것을 이렇게 하였겠습니까? 그때의 청론(清論)이 혹은 차라리 나라를 위해 죽어야 하는 의리로써 주장을 하였으나, 신의 조부는 말하기를, '황조(皇朝)에 진실로 한없는 은혜와 의리가 있으니 내복(內服)에 간격이 없을 것이고, 이미 사직(社稷)과 인민(人民)을 두었으니 조종(祖宗)의 혈식(血食)을 마침내 끊기게 할 수 없는데, 어찌 필부(匹夫)의 하찮은 신의만 변통성 없이 지키겠는가?' 하였으며, 혹은 청의(青衣) 굴욕을 염려하여 말하기를, '다 같이 전복(顚覆)을 면치 못할진대, 차라리 의리를 지키다가 망하겠다.'고 하니, 신의 조부가 또 말하기를, '오랑캐는 우리의 토지를 탐내서가 아니라 다만 이웃 나라에 위엄을 세우려고 하는 것이니, 이는 반드시 염려할 것이 없다.'고 하였습니다. 대개 신의 조부가 성대(聖代)를 만나서 직위(職位)가 숭현(崇顯)함에 이르렀으니, 충의를 다한 것은 평소에 축적하였던 바이고 훼예 화복(毁譽禍福)은 진실로 이미 끊어버렸던 것이며, 국가의 위급 존망(危急存亡)의 날을 당하여 자기 혼자 식견의 명철함을 가지고 꼭 그렇게 될 계획을 믿어서 다만 성패(成敗)의 운수를 익숙히 강구했을 뿐만 아니라, 문득 또한 상경(常經)과 권변(權變)의 의리를 살펴 정하였기 때문에 많은 구설에 걸려들어서 여러 번 전패(顚沛)의 지경을 당하였으나, 비방하고 원망하는 것이 들끓는 것도 돌아보지 않고 자신의 명예에 누(累)를 끼치는 것도 따지지 않으면서 용감하게 곧장 앞으로 나가서 의심하고 두려워하는 바가 없었으니, 그가 이치를 택하여 의리에 처한 것은 대개 인조(仁祖)에게 올린 봉사(封事)에서 볼 수가 있습니다.

거기에 이르기를, "≪춘추전(春秋傳)≫에 '권도(權道)를 설행(設行)하는 것은 사망이 아니면 설행하는 바가 없다.'고 하였고, 또 이르기를, '권도를 행하는 것이 도(道)가 있으니, 자기를 폄손(貶損)하여 권도를 행한다.'고 하였으니, 대개 측량하기 어려운 것은 세상의 변고(變故)이고 한(限)이 없는 것은 의리입니다. 천하가 무사(無事)할 때에 경상(經常)을 조심해 지키는 것은 어진 이나 어질지 않은 이나 같이 한 길로 돌아가겠지만, 역경(逆境)을 만나거나 몸이 어떻게 할 수 없는 지경에 처하게 되면, 능히 이를 변통(變通)시켜서 도리와 함께 행한 뒤에야 바야흐로 그것을 성인(聖人)의 큰 권도라고 이르 겠습니다.

옛날 은(殷)나라 미자(微子) 계(啓)는 면박 함벽(面縛啣璧)하면서 탕왕(湯王)의 제사를 보존하였고, 제(齊)나라 관중(管仲)은 죽지 않고 갇히기를 청하여 어지러운 천하를 바로잡아 다스렸으니, 이 두 사람으로 하여금 자기 한 몸을 위하여 이런 일을 하였다면 치욕스런 사람으로 천한 행동을 한 것을 면치 못할 것이니, 또한 무엇을 취하겠습니까? 그러나 다만 그들은 때를 따라 정의(正義)를 마련하고 자신을 굽히며 권도를 행하였으며, 혹은 조종(祖宗)의 혈식(血食)으로써 귀중함을 삼았고, 혹은 이익과 은택이 남에게 미치게 하는 것으로써 마음을 삼았기 때문에, 공자(孔子)가 모두 인(仁)으로써 그들에게 허여(許與)하였는데, 더구나 지금 전하께서는 종사(宗社)를 온전히 하시고 생령(生靈)을 보존하신 공이 옛일에 비하여 빛이 납니다. 만약에 세상에 공자가 있었다면 반드시 두 사람에게 허여한 것으로써 전하에게 돌렸을 것입니다.

혹은 '국군(國君)이 되어서는 사직(社稷)을 위하여 죽어야 한다.'는 말로 오늘의 일을 의논하는 자가 있으니, 이는 매우 의혹될 뿐입니다. 무릇 국군이 사직을 위하여 죽는 것은 곧 ≪예기(禮記)≫의 말인데, 해석하는 자가 이르기를, '나라가 망하면 군주도 또한 망한다.'라고 한 것이니, 그 나라가 망하지 않았는데 그 임금이 죽지 않았다는 것으로써 소급해 책망한다는 것은 신이 들은 바가 없습니다.

미자(微子)는 은(殷)나라의 한 공자(公子)이고 관중(管仲)은 제(齊)나라의 미천한 신하로서 모두 종사(宗社)나 생민(生民)의 책임이 없는데도, 오히려 수금(囚禁)과 치욕의 부끄러움도 사피(辭避)하지 않고 반드시 조선(祖先)의 계통을 잇고 천하를 구제하는 것으로써 자기의 임무로 삼았거늘, 하물며 천승(千乘)의 임금으로 종사와 생령(生靈)이 의탁한 바 인데, 도리어 스스로 그 몸을 가볍게 여겨서 구독(溝瀆)의 행동을 달갑게 여기면서 이를 돌아보지 않아서야 되겠습니까?

유리(羑里)의 좁은 곳에서 성철(聖哲)이 구유(拘幽)된 것은 사문(斯文)의 양구(陽九)라고 이를 만하지만, 문왕(文王)은 능히 준양 시회(遵養時晦)하며 지혜로써 주밀히 방비하여 그 정당함을 잃지 않았기 때문에 자신이 유설(縲絏)에 걸려들었으나 치욕스럽게 여기지 않고, 도(道)를 굽혀 면함을 구하였으나 아첨한다고 여기지 않았던 것입니다. ≪주역(周易)≫에 이르기를, '명이(明夷)는 어려움을 알아 그 정직함을 지키면 이롭다 하고, 안으로 문명(文明)한 덕을 가지고 밖으론 유순(柔順)하여 큰 어려움을 당했으니 문왕(文王)이 이를 실행했다.'고 하였으니, 대개 성인(聖人)도 일찍이 곤궁할 때가 없지 않았으나 다만 그 대처하는 데에 방도가 있으니, 오늘은 곧 전하께서 명이(明夷)를 지킬 때입니다. 전하로 하여금 더욱 어려울 때에 정직한 덕을 힘쓰시면 역시 문왕(文王)이 될 따름이라고 하였으니, 지금 봉장(封章)의 내용에 있는 뜻으로 살펴본다면, 그 경훈(經訓)을 끌어

증거를 대고 의리를 참고하여 증험한 것은 구차하지 않을 뿐입니다. 비록 그렇지마는 또한 감히 만족한 마음으로 오랑캐를 섬기고 계획을 세우지 않는 것으로써 군상(君上)에게 우러러 인도한 것은 아니니, 대개 말하기를, '나라를 다시 회복시키는 계획과 내정(內政)을 다스려 외적을 물리치는 계책을 스스로 다하지 않을 수 없을 뿐이라.' 한 때문에 그 말에 이르기를, '근심이 깊으면 성지(聖智)를 계도(啓導)하고, 어려운 일이 많으면 나라를 일으킨다.'고 하였으니, 대개 편안한 데 익숙하여 주색(酒色)에 빠져서 정사에 게으르면 반드시 전복(顛覆)의 화(禍)가 있게 되고, 어려울 때에 처해서도 부지런하고 두려워하면 마침내 난국(難局)을 구제하는 효과를 거두는 것은 이치에 반드시 그렇게 됨이 있어서 결단코 의심할 것이 없으니, 국가가 상망(喪亡)하는 데엔 이르지 않을 것입니다.

대개 지난해[上年]에 화친을 배척한 일은 진실로 실착(失着)이 되었으나 천조(天朝)를 위하여 절의를 세웠으니 그 명분이 올발랐고, 올해에 출성(出城)한 일은 진실로 수치스러웠기는 하나 생민(生民)을 위하여 모욕을 참았으니 그 마음이 어진 것입니다. 천의(天意)가 본조(本朝)에 끊어지지 않은 것과 인심이 성상(聖上)에게 떠나지 않은 것이 어찌 연유한 바가 없이 그렇게 되겠습니까? 진실로 능히 성상의 뜻을 분발하여 동요되거나 저지되는 바가 없게 하고, 앞일을 징계삼아 뒷일을 삼가는 계책을 더욱 힘쓰고, 내정(內政)을 다스려 외적을 물리치는 정치를 힘써 다하시며, 진정 측은히 여기는 마음으로 어려움에 처한 처지에서 주선(周旋)을 하고 지극한 정성으로 밝게 강림하는 하늘에 감동된다면, 실패로 인하여 성공이 되고 재앙이 바뀌어서 복(福)이 되는 것은 반드시 오늘부터 비롯되지 않은 것은 아닙니다. 하(夏)나라에서는 일성(一成 : 미력한 힘)을 가지고도 소강(少康)이 흥기(興起)하였고, 월(越)나라에서는 회계(會稽)에 머물면서 구천(句踐)이 패권을 잡았었는데, 더구나 지금 국가의 경토(境土)가 결손 된 바가 없으며, 조종(祖宗)의 덕택도 오히려 다 없어지지 않았으니, 변란(變亂)이 비록 비참하나 호령(號令)이 사방에 막히지 않았고, 재용(財用)이 비록 써서 없어졌지마는 남은 힘이 아직 삼남(三南)에 있으니, 오늘의 일은 오직 전하께서 뜻을 세우시기를 어떻게 하시느냐에 달려 있을 뿐입니다. 진실로 일을 하려고 하시면 어찌 이루어지지 않는 것을 근심하시겠습니까?

삼가 원하건대, 성명(聖明)께서는 옛날에 구하시되 역대 흥망의 까닭을 깊이 궁구하시고, 자신에 징험을 하시되 이 마음이 지켜져 있느냐 않느냐의 기틀을 정밀하게 살피셔서, 신료(臣僚)를 인접(引接)하실 때에는 마음을 비워서 물어가며 찾아내어 아랫사람의 심정을 반드시 위에 진달(陳達)되게 하시고, 인재를 물어서 찾되 기국(器局)에 따라 임용(任用)하여 덕이 있고 재능이 있는 사람으로 하여금 아래에서 침체(沈滯)됨이 없게 하시며, 또 그렇게 하여 경륜을 세우고 기강을 베풀어서 원대한 규모를 설치하고, 군신 상하가 동심 협력(同心協力)하여 형적(刑迹)의 혐의를 두지 말고 착실한 효과를 힘써

도모하여 행하기를 중지하지 말고 세월을 쌓게 되면, 자연히 대강
(大綱)을 들어 세목(細目)이 벌어지고, 위에서 편안하고 아래에서 순
종하여 강토(疆土) 안이 이미 다스려져서 외침의 근심이 이르지 못
할 것이니, 무릇 신(臣)이 의논한 바는 사실 규례에 따라 힘쓰기를
요구하는 말은 아닙니다. 이는 또 성조(聖祖)가 근심하고 괴로워하
시던 뜻을 돕고, 국가가 기울어져 가는 비색한 운수에 의거하여 순
수한 충성과 원대한 계획으로 간곡하게 아뢰어 그칠 수가 없었으니,
이것에서 그 한 가지 단서를 볼 수가 있습니다.”고 하였사옵니다.

　아! 당일에 화친을 주장하던 의논을 어찌 즐거워서 하였겠습니
까? 위로는 군부(君父)를 그릇 인도하여 가정과 나라가 다 함께 망
할 염려가 있고, 아래로는 명의(名義)에 죄를 얻어 몸과 명예가 낭
패될 근심이 있으며, 밖으로 나가면 교만한 오랑캐는 타이(朶頤)하
여 흉봉(凶鋒)에 미끼를 드리우고, 조정에 들어오면 친한 벗이 칼자
루에 손을 대면서 횡의(橫議)에 곤욕을 받으니, 사람들의 항정(恒情)
에 누군들 이런 일을 하기를 즐거워하겠습니까? 다만 뛰어난 지식
은 남이 보지 못하는 바를 환히 알게 되고, 강대(剛大)한 용기는 남
이 하지 못하는 바를 처리하게 되어, 성심(誠心)은 변함없이 종국(宗
國)의 위망(危亡)함을 민망히 여기고 한 몸의 이해(利害)를 돌볼 겨를
이 없는 데에 좌죄(坐罪)되었을 뿐입니다. 그 위기와 패국(敗局)을 생
각하여 보건대, 얼마나 지극히 어려웠습니까? 조정을 황폐한 데에
서 세우고 국력을 타고 남은 잿더미에서 수습하여, 안으로는 위방

(危邦)에서 모든 일을 모아 정리하고 밖으로는 천조(天朝)에서 대의를 신장하여 굴절(屈折) 주선(周旋)하는 데 마음이 괴롭고 힘이 다하여, 참으로 국궁 진췌(鞠躬盡瘁)하여 죽은 뒤에야 그만두는 것에 부끄러움이 없는 사람이니, 인인(仁人) 군자(君子)는 마땅히 측연한 마음으로 그 뜻을 슬피 여김이 있어야 할 것인데, 지금 보력(寶曆)이 바야흐로 연장되고 강토(疆土)에 근심이 없게 되어 세월이 옮겨지고 일들이 멀어지며, 집이 태평하고 사람이 편안해지자 머리쓰개[縰]를 쓰고 갓끈을 드리운 자가 혹은 큰 소리와 고상한 이야기로 불안스럽게 못했느니 잘했느니 하고 있으니, 이것은 또 무슨 마음입니까?

다만 우리 성상(聖上 : 숙종)께서는 곧 병진년(1676) 가을에 특별히 비망기(備忘記)를 내려서 말씀하시기를, '고(故) 상신(相臣) 최명길은 나라를 위한 충성이 옛날 현신(賢臣)과 같이 부합된다. 병자년의 난리를 당하여 남한산성이 포위되던 날에 혼자서 화의(和議)를 담당하여 능히 3백 년 종사(宗社)와 빙 둘린 동쪽의 땅 수천 리로 하여금 이미 망하게 되었던 것을 다시 존재하게 하였으니, 그 먼 장래를 생각한 좋은 계획이 누가 이보다 낫겠는가? 고(故) 상신(相臣) 김육(金堉)은 덕업(德業)이 한 세대에 으뜸가서 나라를 위하여 백성을 편안하게 한 것은 백세(百世)에서 높일 만하니, 이 두 사람은 예(禮)로 보아 마땅히 묘정(廟庭)에 배향되어 천추(千秋)에 혈식(血食)을 하여야 할 것인데 모두 참여되지 못했으니, 내가 매우 개탄하고 애석하게 여긴다. 지금 국조(國朝)의 고사(故事)를 살펴보건대, 또한 추가하여 배향하는 규례(規例)가 있으니 그것을 예관(禮官)으로 하여금 대신(大臣)에게 의논하라.' 하였는데, 헌의(獻議)되기도 전에 이옥(李沃)의 상소(上疏)와 사간원(司諫院)의 아룀이 있어 신의 조부를 추가로 배향하는 일이 그대로 정지되어 행하여지지 못하였고, 일찍이 신묘년(1651)의 부묘(祔廟)할 때에 신의 조부가 배향에서 빠졌으므로 노성(老成)한 여러 신하들의 의논이 진실로 이미 공공연히 그 잘못을 호소하는 말이 있었고, 고(故) 상신(相臣) 이시백(李時白)은 차자(箚子)를 올려서 신의 조부의 평소에 제우(際遇)의 융성함과 나라를 위하여 몸을 바쳐 자신의 생사를 생각하지 않는 절의(節義)를 일일이 진술하여 똑같이 배향하기를 청했는데, 거기에 '선왕(先王)의 묘정(廟庭)에 최명길이 없을 수 없다.'고 하였으나, 그때 묘당(廟堂)의 의논의 추가로 권점(圈點)하기가 곤란하다는 이유로써 그 의논이 마침내 정지되었으며, 우리 성상(聖上)의 특별한 명령은 또 당인(黨人)의 막는 바가 되었으니, 이것이 어찌 다만 자손들의 깊은 통탄뿐이겠습니까?

상문(上文)에 이른바 천조(天朝)에 대의를 신장한다고 한 것에 이르러서는 또 큰 것이 있습니다. 여러 번 청(淸)나라의 징병(徵兵)을 거절하다가 거의 큰 화(禍)에 빠질 뻔했고, 전개(專介)로 명(明)나라에 비밀히 주문(奏問)하려다가 1년 이상이 되도록 구유(拘幽)되었으니, 이 두 가지는 모두 빠뜨릴 수 없는 것이 있기 때문에 감히 다시 죄다 아뢰는 것입니다. 정축년(1637) 하성(下城)하던 처음에 약조(約條)를 논하여 정할 때에 이미 징병하는 일에 따를 수 없음을 말하였는데, 그 해 가을에 과연 와서 징병하므로 신의 조부가 왕명을 받아 심양(瀋陽)에 가기를 청하여 '본국(本國)에서 명나라 조정을 신하로써 섬겨 온 지가 3백 년이 되었는데, 지금 와서 군사를 일으켜 청나라를 도와서 공격할 수 없다.'고 말하여 언론으로 항쟁하니, 일이 마침내 중지하게 되었으며, 무인년(1638) 가을에 청나라 사람이 장차 명나라를 침범하려고 다시 와서 징병하자, 신의 조부가 연석(筵席)에서 아뢰기를, '지난번 출성(出城)한 것은 형세가 다하고 기운이 꺾여서 종사(宗社)를 보존할 계략으로 어쩔 수 없는 계획이었으나, 지금 이 원조하는 징병은 나라가 망하더라도 의리상 따를 수 없는 일입니다.' 하고, 드디어 거절하여 허락하지 않았습니다. 그 주문(奏文)도 또한 신의 조부가 찬술(撰述)한 바인데, 먼저 본국에서 명나라를 신하로서 섬겨 대대로 변함이 없는 것을 말하고, 또 만력(萬曆) 때의 재조(再造)의 은혜는 더욱 감히 잊을 수 없음을 말하였으며, 끝으로 악의(樂毅)가 연(燕)나라 치는 것을 사양한 일을 끌어대서 반복하여 논하였는데, 청나라 사람이 크게 성을 내어 다투는 말이 빈번하게 이르렀으며, 그들이 와서 의논을 주장한 신하를 찾자, 온 조정이 크게 두려워하였습니다. 신의 조부가 또 연석(筵席)에서 아뢰기를, '국가가 이러한 전에 없는 변란에 처하여 만약 마음과 힘을 다하여 변란을 면하기를 구하지 않고, 한갓 구차스럽게 눈앞의 화(禍)만을 늦추는 것으로써 마음을 먹는다면, 어떻게 천하 후세에 변명할 말을 할 수가 있겠습니까? 다시 사개(使价)를 보내어 힘을 다하여 다투어 고집하지 않을 수 없습니다.' 하고 또 말하기를, '우리나라 대신(大臣) 중에 원조하는 군대의 일로 한두 사람의 죽는 자가 있어야만 그제야 될 것이니, 신이 진실로 이 일을 주관했으므로, 신이 청컨대 스스로 담당하겠습니다.' 하고는 드디어 스스로 심양에 가게 되었는데, 길을 떠나려 할 때에 임금께서 직접 보시고 위로하여 개유(開諭)하시며, 특별히 초구(貂裘)를 하사하였습니다. 이 행차에 사람들은 모두가 반드시 죽을 것이라고 생각하였고, 신의 조부도 또한 스스로 죽음을 면할 수 없음을 알고 초상 치를 도구를 가지고 스스로 따르게 하여 친척·자제들이 모두 통곡하며 전송하였습니다. 이미 심양(瀋陽)에 이르니, 청나라 사람이 힐문(詰問)하기를, '어느 사람이 감히 징병하는 것을 거절하였는가?' 하니, 대답하기를 '내 자신이 수상(首相)이 되어 국사(國事)를 주관(主管)하였으니, 이 일은 오로지 나에게서 나온 것입니다. 다만, 한 번 죽기를 원할 뿐입니다.' 하니, 청나라 임금이 처음에는 육형(戮刑)을 더하려 하다가 곧바로 석방하였고, 이 일로 인해 면직되어 1년을 넘겼습니다. 신의 조부가 상부(相府)에 있을 적에는 마침내 징병하는 일을 돕지 않았고, 조가(朝家)에서 재차 징병의 청을 막게 되자 마침내 면할 수 없게 되었으니, 이때에 신의 조부가 파관(罷官)되어 금천(衿川) 전사(田舍)에 있으면서 시를 지었습니다.

창공을 뒤흔드는 고각(鼓角) 소리에 바다는 하늘에 닿았는데,
5천 명의 병기(兵器)와 갑주(甲胄)는 누선(樓船)에 실려 있네.
남한산성에서 죽지 못한 것이 모두가 신(臣)의 죄이니,
울면서 춘풍(春風)을 향해 두견(杜鵑)새를 사모하네.

이는 그 몹시 슬퍼한 글이었으며, 이는 여러 번 징병을 거절한 시말(始末)이었습니다.

정축년(1637) 강화(講和)한 뒤에 신의 조부는 꾀와 힘이 다하여 뜻을 굽히고 보존하기를 도모한다는 상황으로써, 별도로 한 자문(咨文)을 갖추어서 진 도독(陳都督) 홍범(弘範)에게 보내기를 청하여 황조(皇朝)에 알려지기를 바랐으나, 혹은 전달되지 않을까 염려하여 임금께 아뢰어 밀개(密价)로써 다시 황조에 통하게 하려고 평안 병사(平安兵使) 임경업(林慶業)으로 하여금 한 사람의 중[僧] 이름이 독보(獨步)라고 하는 자를 구하여 얻었으니, 일찍이 어떤 일로써 중국에 들어가서 자못 사정을 알고 또 화어(華語)를 이해하고 있으므로, 마침내 자문(咨文)을 갖추어 독보에게 붙여 보내서 홍 도독(洪都督) 승주(承疇)에게 보내어 한번 황조(皇朝)에 전달되기를 바라면서 무릇 3차나 왕래하여 비로소 회자(回咨)를 얻었는데, 대략 이르기를, '귀국(貴國)의 일단(一段)의 괴로운 사정은 하늘과 사람이 함께 살피게 되므로 곧 천총(天聰)에 전달(轉達)하게 되니, 먼 나라를 측은하게 생각하여 매우 위로하기를 간절히 하였으며 귀국의 대대로 정순(貞順)

한 그 수고는 없어지지 않을 것입니다. 비록 잠시 시세(時勢)에 핍박되어 오랑캐에게 군색함을 당하지마는, 중국[中朝]의 문무(文武)가 바야흐로 이를 갈고 진념(軫念)하고 있으니, 어찌 다시 차마 과실을 책망하겠습니까? 안심하고 협력하여 상유(桑楡)에나마 충성을 다하십시오.' 하였고, 또 이르기를, '현왕(賢王)은 영명(英明)한 자질로써 양구(陽九)의 기회를 만나자 호마(胡馬)가 창궐하여 속번(屬藩)을 점점 침략해 들어가고 있는데도, 우리는 능히 군사를 정돈하여 전멸(剪滅)하지 못하고 있으니, 이는 곧 귀번(貴藩)의 큰 액운입니다. 귀국은 대대로 충순(忠順)을 본받아 왔는데 하루아침에 오랑캐에게 화약(和約)을 맺게 되었으니, 형세가 다하고 힘이 꺾여서 어떻게 할 수 없었을 것이니, 이것도 또한 성명(聖明)께서 마음으로 측은히 여기는 바입니다.' 하였습니다. 다만 이 중[僧]을 보내는 한 가지 일도 신의 조부가 주관하고, 또 고(故) 명신(名臣) 신경진(申景禛)·이경석(李景奭)·정태화(鄭太和)·강석기(姜碩期)·이명한(李明漢) 등과 서로 의논하여 일을 같이 하였는데, 정태화는 그때 관서(關西)의 관찰사로 있으면서 실제로 장송(裝送)을 주관하였으며, 신의 조부는 파관(罷官)되어 집에 있으면서 비풍(匪風)의 생각을 금하지 못하여 시를 지어 부쳤는데, 일이 기비(機秘)에 관계되어 그때 큰 기휘(忌諱)가 되기 때문에 비흥(比興) 탁언(托言)의 체(體)에 의하여 '회선사(懷仙詞)'로써 시제(詩題)를 삼았는데, 그 시는 이렇습니다.

구름 낀 바다는 낙조(落照) 사이에 아득한데,

눈 뚫린 어느 곳에 봉래산(蓬萊山)을 찾겠는가?

장건(張騫)의 뗏목 길은 그대로 많이 막혔으며,

서시(徐市)의 다락배[樓船]는 오래도록 돌아오지 못하였네.

가을바람은 백발(白髮)을 속이기 쉬운데,

신선의 음식도 홍안(紅顔)을 빌리기는 어렵구나.

근년에 한없이 상심되는 일로,

궁벽한 마을 푸른 이끼 가운데 홀로 문을 닫았네.

이른바 '운해 낙조(雲海落照)'는 곧 내 마음이 서쪽을 보고 슬퍼한다는 뜻이요, 이른바 '안천 봉산(眼穿蓬山)'은 곧 주(周)나라의 서울에 통하는 길을 돌아본다는 뜻이요, 이른바 '사로 누선(槎路樓船)'은 모두 수로(水路)를 가리켜 중[僧]을 보내고는 우두커니 기다린다는 말이었으니, 그 필동(必東)하는 정성과 공북(拱北)하는 의리는 가영(歌詠)하는 사이에 형용되었고 언사(言辭)의 표면에 넘쳐나서 깊은 마음과 괴로워한 뜻은 넉넉히 천고(千古)에 눈물을 떨어뜨리게 하였습니다.

임오년(1642)에 홍승주(洪承疇)가 청나라에 항복하게 되자 중을 보냈던 일을 상세히 말하였으나 우리는 알지 못하였는데, 때마침 적(賊) 이계(李烓)가 잡히어 나라의 숨겨진 일을 고하였는데, 자문(咨文)

을 보내고 중을 보낸 일을 죄다 고하며, 또 신의 조부와 재신 명류
(宰臣名流) 10여 인을 끌어대어 말하기를, '이 사람들은 뜻이 명나라
조정에 있다.'고 하니, 청나라 사람이 크게 성을 내며, 급박하게 제
신(諸臣)으로 하여금 와서 치대(置對)하게 하여서 화(禍)가 장차 예측
할 수 없게 되었으므로 온 나라가 매우 두려워하였는데, 신의 조부
가 그때 수상(首相)이 되었으므로 또 자신의 몸으로써 화를 막겠다
고 자청하였으나 주상께서는 망설이고 차마 보내지 못하였는데,
신의 조부가 굳이 요청을 하여 길을 떠나자 또 백금(百金)과 초구(貂
裘)를 하사하였습니다. 빨리 달려가서 봉황성(鳳凰城)에 이르렀는데,
청나라 사람이 군대의 위세를 대단히 펼치면서 협박하여 묻기를,
'명나라 조정에 중[僧]을 보낸 것은 어느 사람이 주장을 하였는가?'
하니, 신의 조부가 답하기를, '내가 본국(本國)에 수상(首相)이 되어
이 일을 나 혼자 주관하였으니, 이미 주상께서 아시는 바가 아니며
다른 사람이 또 참여하여 아는 자가 없다.'고 하니, 드디어 가뉴(枷
杻)을 갖추어서 심양(瀋陽)에 들여보내고 북관(北館)에 감금(監禁)시켰
으니, 북관이란 사형수[死囚]를 가두는 감옥입니다. 판서(判書) 신(臣)
김상헌(金尙憲)과 의정(議政) 신(臣) 이경여(李敬輿)와 한 관(館)에 같이
구금되어 4년을 지내고 난 후에 비로소 석방되어 돌아왔습니다. 그
가 갇혀 있을 적에 중국 조정의 사람인 장문형(張文衡)이 우리나라
사람을 보고 이르기를, '그대 나라의 두 분 각로(閣老)와 한 분 상서
(尙書)가 명나라 조정에 관련된 일 때문에 북옥(北獄)에 구금되어 있

는데, 동방(東方)의 절의(節義)는 사람으로 하여금 공경하는 마음을 일으키게 한다.'고 하였으니, 이는 남모르게 사람을 시켜서 비밀히 아뢰었던 시말(始末)이었습니다.

설사 신의 조부가 이런 두 가지 절의가 없고 다만 강화(講和)의 일만 있다 하더라도 진실로 종사(宗社)를 위하고 군부(君父)를 위하는 데서 나온 것이니, 지극한 마음과 진심에서 나오는 정성은 신명(神明)에게 질정(質定)할만 하고, 이치를 가려 의리에 처한 것은 또 근거가 있으니, 세상에서 마음이 공정하고 안목이 명철한 자라면 마땅히 헐뜯어 비평하는 단서가 없을 것입니다. 더구나 전패(顚沛)하는 잠깐 사이라도 존주(尊周)하는 의리를 잊지 않았으니, 이 일로 인하여 위험한 욕(辱)을 고루고루 맛보았으며, 사경(死境)에 떨어져도 후회하지 않았습니다. 심지어 숭정(崇禎) 성천자(聖天子)의 측은한 생각으로 칭찬하여 개유(開諭)하는 은전(恩典)을 받았으니, 그 수립한 절의가 또 어떻다고 하겠습니까? 그가 연옥(燕獄)에 있을 때 고(故) 상신(相臣) 이경여(李敬輿)가 시를 지었습니다.

이로(二老)의 상경(常經)과 권도(權道)는 각기 공사(公事)를 위한 것이니,
하늘을 떠받드는 대절(大節)은 위급한 세상을 구제한 공이 없네.
지금처럼 난만(爛漫)하게도 같이 돌아가는 곳에서

모두가 이 남관(南冠)을 쓴 백수(白首)의 노인이었네.

이 이로(二老)는 신의 조부와 고(故) 상신(相臣) 김상헌(金尙憲)을 함께 지칭한 것입니다. 대저 이미 위급한 세상을 구제한 공로를 허여(許與)하고 또 그들이 남관(南冠)을 쓰고 같이 돌아가는 것을 칭찬하였으니, 이는 곧 사실을 기록하여 감탄하고 칭찬한 글이므로, 족히 후대의 공안(公案)이 될 것입니다.

아! 신의 조부의 학술 문장(學術文章)과 훈명 덕업(勳名德業)을 전후(前後)의 명공(名公)들이 성대히 칭술(稱述)한 것을 지금에 와서 한둘로 헤아릴 수 없으나, 우선 일이 대의(大義)에 관계된 것에 나아가 그 두세 문자(文字)만을 들겠습니다. 고(故) 상신(相臣) 조익(趙翼)의 뇌문(誄文)에 이르기를, '어려움에 임하거나 위태함을 보면 스스로 감당하는 데 용감하여 자신을 돌보기를 홍모(鴻毛)처럼 여기고, 말하는 것이 곧고 이치가 올발라서 두려워하지 않고 좌절하지 않았으니, 이는 공(公)이 남보다 크게 뛰어난 것으로 역경에서 변하지 않는 곧은 지조[歲寒之操] 그대로를 볼 수가 있다. 비록 숙손 소자(叔孫昭子)가 진(晉)나라에 잡히었던 일이라도 어찌 이보다 나을 수가 있겠는가? 처음에는 그가 예측할 수 없는 위험에 빠질까 민망하게 여겼으나, 종래는 그 빼앗을 수 없는 절의가 있게 됨을 기뻐하여 세상에 변명할 말이 있게 되었다.'고 하였으며, 고(故) 상신(相臣) 이경석(李景奭)은 뇌문(誄文)에 이르기를, '철기(鐵騎)가 서교(西郊)에 닥칠 때, 공이 필마(匹馬)로 채찍을 재촉하였으니, 담(膽)은 크기가 말 [斗]과 같았고, 눈으로 창검[戈]을 본 체하지 않았다. 두 번이나 급히 절역(絶域)에 나가면서 천금(千金)을 교연(蛟涎)에 내버렸으며, 대의(大義)를 태산(泰山)보다 중하게 여기어 자기 몸을 한 번 버리는 것은 생각지 않았고, 서하(西河)에 체류(滯留)하여 외롭게 지내면서, 춥고 더운 계절의 변천을 겪었다.' 하였고, 또 말하기를, '아! 충정(忠貞)한 사람이 의심을 당하니, 여러 사람의 떠듦이 어지러웠는데, 다행이 일월(日月)의 조림(照臨)을 힘입어 듣고 살피는 것을 공정히 하여 치우침이 없었다.'고 하였습니다.

신의 조부가 심양에 구류되었을 때 근거 없이 떠도는 비방이 있어, 신의 조부가 남을 끌어대어 화(禍)를 분담한다고 말하였는데, 그때 영상(領相) 김류(金瑬)와 좌상(左相) 홍서봉(洪瑞鳳) 등이 연명(聯名)으로 차자(箚子)를 올려서 힘을 다해 변론하여 자세히 밝혔으니, 대략 이르기를, '최명길은 그 마음이 국가가 있는 줄만 알고 그 자신의 죽고 사는 것은 생각하지 않으며, 군부(君父)가 있는 줄만 알고 그 명예의 영욕(榮辱)은 돌아보지 않았습니다. 어렵고 험한 일을 담당하여서는 한결같은 마음으로 바로 앞으로 나간 것이 한두 가지 일에 그치지 않았으니, 이것이 성상(聖上)께서 마음에 계합(契合)하여 시종(始終) 이간이 없었던 것입니다. 불행하게 자신이 절역(絶域)에서 갇히고 목숨이 탕화(湯火)에 핍박(逼迫)한데, 죄의 사단(事端)이 마구 발생하여 진위(眞僞)가 서로 섞여져서, 남들이 대부분 돌을 내려 던지게 되어[下石] 형세가 복분(覆盆) 같으니, 다만 성명(聖明)께서는 불쌍히 여겨 살펴주소서. 지난해 임경업(林慶業)이 중[僧]을 보낼 때 최명길이 참여하여 알고는 마음대로 허락하였는데, 그 기밀이 탄로되어 일이 급박해져서 화(禍)가 또 예측할 수가 없게 되자, 최명길이 피곤한 병든 몸으로 어두운 밤에 달려가기를 마치 살기 좋은 장소에 달려가는 것처럼 하면서 조금도 기미를 사색(辭色)에 나타나지 않았으며, 동행하는 재신(宰臣)과 더불어 관고(貫高)가 장오(張敖)를 변명한 일을 토론하였는데, 상서(象胥)의 사무를 잘 아는 자가 다투어 말하기를, 「사실을 자백하면 반드시 위태할 것이니, 임기응변으로 속이는 것만 못하다.」고 하였으나, 최명길은 따르지 않고 미리 대답할 말을 써서 들였으니, 그가 죽는 줄을 알면서도 피하지 않은 상황을 일행(一行)인 대소 인원(大小人員)과 만상(灣上)의 여러 재신(宰臣)이 모두 눈으로 직접 본 바입니다. 이것이 어찌 죽음에 임해 정신이 혼란하여 그 마음을 잘 바꾸는 사람이겠습니까?' 하였고, 또 말하기를, '그가 치대(置對)하게 되자 모두가 다 자수(自首)하여, 마침내 한 사람도 그 책임을 남에게 미루는 일로써 문초를 당한 사람은 있지 않았으니, 남이 말썽을 삼는 것을 진실로 믿을 수 없지마는, 그 성절(誠節)이 저와 같고, 훈로(勳勞)가 저와 같으며, 조우(遭遇)의 융중(隆重)한 것이 저와 같은데, 자기 몸과 명예는 모두 억울하게 되고 정상과 사실이 밝혀지지 않았으니, 고금 천하에 어찌 이와 같이 지극히 원통한 일이 있겠습니까?' 하였으니, 이는 고(故) 판서(判書) 이식(李植)이 대신 찬술(撰述)한 바입니다.

신의 조부가 별세한 뒤에 고(故) 상신(相臣) 이시백(李時白)이 남에게 말하기를, '지천(遲川)의 사업(事業)이 매우 많은데도, 그 중에 큰 것이 여덟 가지가 있다. 계해년(1623) 반정(反正)할 때에 광복(匡復)하는 사업을 협찬(協贊)한 것이 첫째이고, 병인년(1626)에 예(禮)를 의논할 때에 능히 부자의 윤리를 밝힌 것이 둘째이며, 병자년(1636)의 호란에 혼자 말을 타고 적진에 나아가 적(賊)의 기세를 늦추게 한 것이 셋째이고, 남한산성의 포위 때에 비방을 무릅쓰고 화친(和親)을 주장하여 종사(宗社)를 보존한 것이 넷째이며, 무인년(1638)의 징병(徵兵)할 때에 의리로써 거절하여 죽는 것을 자기 집에 돌아가듯이 여기는 것이 다섯째이고, 명(明)나라에서 서신을 보내어 마침내 위기를 밟으면서 자신이 스스로 담당한 것이 여섯째이며, 마음을 가지고 일을 행하는데 확실하게 자신하여 붕당에 물들지 않는 것이 일곱째이고, 골육(骨肉)을 잘 처리하여 촉오(觸忤)를 피하지 않고, 남이 어렵게 여기는 바를 말하는 것이 여덟째이다.' 하였으니, '지천(遲川)'은 곧 신의 조부의 자호(自號)입니다. 고(故) 판서(判書) 이민서(李敏敍)가 신의 조부 시장(諡狀)을 찬술(撰述)하였는데, 그 총론(總論)에 이르기를, '공(公)은 대사(大事)에 임하여 대의(大疑)를 결정하였으니, 견식은 그 기회를 통달할 수가 있고 강단(剛斷)은 그 뜻을 보충할 수가 있어, 절대로 여러 사람을 따라서 부앙(俯仰)하지 않았으며, 강직하게 나라의 일을 경영하여 자신의 사생 화복(死生禍福)으로써 그 마음을 움직이지 않았고, 몸이 파리하도록 힘을 다하여 그 마땅히 할 바를 힘써 다하였으니 대신(大臣)의 절의가 있다고 하겠으며, 그 미륜(彌綸)하고 보찬(輔贊)하는 공로와 패전한 것을 구출하고 기울어진 형세를 안정시킨 업적에 이르러서는 세상에 확정된 의논이 있으니, 어찌 이른바 하늘이 반드시 능히 이 어려움을 그치게 할 사람을 냈다는 것이 아니겠습니까? 국가에 사고가 많아 화란(禍亂)이 하늘에까지 치솟고 온 세상이 몹시 위급하여 계획이 평소에 확정되지 않았으므로, 공(公)이 문득 근심하고 분개함이 몹시 급박하여 말이 혹시 격렬해져 돌아보지 않기도 하고, 일은 혹시 자신하여 대중(大衆)을 어기기도 했으며, 또는 시세의 막히는 일을 촉발시키는 것도 있었으니, 이는 모두 공이 마지못해서 한 일입니다. 사람들이 혹시 공을 알지 못하고서 공을 책망하는 자가 있었던 까닭으로 계곡(谿谷) 장공(張公)이 매양 공을 칭찬하기를, 「성심[赤心]으로 국난(國難)을 구제하기 위하여 죽고 사는 것을 피하지 않았으니, 자겸(子謙)은 참으로 사직(社稷)의 신하이다.」고 했고, 불녕(不佞)의 선대부(先大夫)께서도 또한 이르기를, 「굴자(屈子)의 충성은 충성이 지나치고 완상(完相)의 충성도 또한 충성에 지나친다.」고 하였으니, 이에서 공(公)의 심사(心事)를 볼 수가 있다. 공은 생각하기를, 「국가에서 비록 종사(宗社)와 생령(生靈)을 위하여 뜻을 굽혀서 보존하기를 도모한다고 하나 흥복(興復)시킬 계획을 늦출 수 없으며, 부모(父母)의 나라는 잊을 수 없다.」하고는 군상(君上)에게 진언(進言)하여 매양 연(燕)나라 소왕(昭

王)과 월(越)나라 구천(句踐)의 일로써 힘쓰게 하였고, 그 명(明)나라 조정을 못 잊어 사모하는 데 이르러서는 비밀히 보낸 사신과 몰래 전달한 서신으로 걷기 험한 길을 왕복시키느라, 몇 해를 지나서야 반드시 달성시켰으며, <청(淸)나라의> 조병(助兵)의 요청을 힘써 거절하고는 노정(虜庭)에 용기를 수립하였으며, 반드시 죽을 땅을 밟으면서도 대의(大義)를 온전히 하였고, 백수(白首)의 나이로 여러 번 먼 외국에 달려가서 마침내 여러 해를 지나도록 구수(拘囚)되었으며, 탕확(湯鑊)을 조금도 두려워하지 아니하며 우리 예의(禮義)의 나라로 하여금 천하에 변명할 말을 할 수 있게 하였으니, 이는 백세(百歲)의 뒤에 반드시 공의 본래의 뜻을 아는 자가 있을 것이다. 아! 위대하다.' 하였습니다. 계곡(谿谷)은 곧 문충공(文忠公) 장유(張維)의 호(號)이고, 자겸(子謙)은 곧 신의 조부의 자(字)입니다. 신의 조부의 지절(志節)과 행업(行業)은 대개 이에 갖추어 있습니다.

아! 신의 조부가 평일(平日) 행한 일들이 진실로 이미 중화(中華)와 이적(夷狄)에 전파되어 알려졌고 간책(簡策)에 밝게 기재되어 있지마는, 연대(年代)가 차츰 오래 되고 듣고 보는 것이 점점 멀어져서 후생(後生)이나 신진 학자가 능히 다 알지 못하는 것은 괴이히 여길 것이 없으며, 비록 천일(天日)과 같은 밝은 눈에도 혹시 미처 굽어 살피지 못하심이 있을 것이니, 마침내 우리 임금을 위하여 한 말씀 드려야하므로, 이에 감히 번거롭고 중복됨을 피하지 않고 자세히 이렇게 말하는 것입니다.』

상이 답하기를, "요즘 송무원(宋婺源)의 상소(上疏)는 그 마음을 쓰는 것이 대신(大臣)을 쳐서 흔드는 데 있는 까닭으로 대신의 조선(祖先)에게 꾸짖어 욕하면서 조금도 돌아보거나 아끼는 것이 없으니, 일의 통탄스러움이 무엇이 이보다 심하겠는가? 이것은 기강이 해이해지고 조정이 존엄하지 못한 소치가 아닐 수 없으나, 경(卿)의 면직(免職)을 원하는 것은 어찌 사체(事體)에 손상이 있지 않겠는가? 아! 고(故) 상신(相臣)의 평일의 사적(事蹟)이 이 상소에 갖추어 진술되었는데, 화의(和議)가 진실로 종사(宗社)와 존주(尊周)의 의리를 위한 데에서 나온 것에 이르러서는 내 마음에 잊히지 않았고, 반드시 죽을 땅을 밟으면서도 후회하지 않은 것은 내가 또한 익히 알고 있으니, 이것이 어찌 변변치 못한 송무원의 무리가 감히 방자한 뜻으로 헐뜯을 것이겠는가?" 하였다.

— 국사편찬위원회, 조선왕조실록 사이트에서

부 록

지천 최명길, 나라 구한 '실리정치'

이은순(한국외대 교수·한국사)

임진 병자 양란 이후의 17세기 조선사회는 명청(明淸)교체로 국제질서가 변화하고 안으로는 전란으로 인한 사회 경제적인 급격한 동요와 혼란이 가중된 시기였다. 지천 최명길(遲川 崔鳴吉, 1586~1647)은 이러한 난국을 몸소 겪으며 전후 국가재건 민생회복의 책무는 물론 대륙의 무력적 위협에 대응해  야 하는 정치적 책임도 감당해야만 했다.

그는 1623년 일어난 인조반정의 일등공신으로 병조좌랑 홍문관 부제학 사헌부대사헌 경기관찰사 호조판서 이조판서 등의 요직을 두루 거쳤고 병자호란 후 그의 말년엔 좌의정 영의정에 오르는 영예도 누렸다.

인조반정 이후의 정국은 서인의 주도 아래 남인과의 연합도 시도됐던 정치구도였다. 그러한 정세에서 그가 제시한 시정개혁은 현실에 바탕을 둔 「변통변법(變通變法)」이 주류였고 이미 시행되고 있는 기존의 법만을 따르는 것은 잘못된 정치관이라고 비판하였다.

그가 제시한 양전(量田)개정과 서얼허통(庶孽許通) 등 12개항의 개혁안은 현실에 기초한 그의 정치적 이상을 결집한 것으로 현실 모순을 타개하기 위한 사회개혁의 한 처방이었다. 그는 『정의가 곧 공론공도(公論公道)인줄 아는 시속(時俗)을 바로잡지 않으면 좋은 법이나 훌륭한 정치를 기대하기 어렵다.』고 하여 당시 정계에 큰 충격을 주었다. 이 같은 그의 정론은 격변기 사회를 선도하기 위한 고뇌와 함께 명분과 실리론의 양극을 조화롭게 조율하여 난세의 조정자 역할을 하였다.

1636년 후금(後金)과의 정치적 긴장상태가 극도로 악화되어 외교적 마찰을 피할 수 없게 되고 척화론(斥和論)이 공론으로 집약되자 한성판윤이던 최명길은 정반대의 입장에서 화의(和議)를 주장했다. 홍익한(洪翼漢) 오달제(吳達濟) 윤집(尹集) 등 삼학사를 비롯한 척화론자들의 총공격이 그에게 가해졌다. 그럼에도 그는 끈기 있게 화의를 추진, 청나라에 사신을 파견하기에 이르렀으나 호병(胡兵)은 이미 도성에까지 육박한 이후였다. 왕자와 비빈 원로대신들을 먼저 강화도로 보내고 최명길은 몸소 적진에 들어가 출병의 부당

성과 맹약위반을 내세워 시간을 끌었고 왕은 그 덕에 겨우 남한산성으로 몽진(蒙塵)할 수 있었다.

최명길의 화의는 구국에 그 목적이 있었으며 자강(自彊)을 전제로 한 치국의 방편이었다. 시공(時空)을 적절히 이용해 피폐한 민생을 구제하고 국력배양의 틀을 마련해야 한다는 실리론적 정론이었다. 그의 그러한 주장은 척화론자들의 참수론까지 불러일으켰으나 그는 반대론자들을 설득하고 패전국으로서의 수모를 홀로 감당하며 정치적 위기를 극복해나갔다.

그는 척화 화의 양론이 극도로 대립해 고성이 오가는 긴박한 상황에서 항복문서를 작성, 삼전도에서 국왕이 적장 앞에 무릎을 꿇고 치욕적인 항복 의식을 치르는 국가적 수모를 맞아야 했다. 「대국을 거역하여 스스로 병화를 자초하였고… 그 죄를 알고 있으니… 마음을 깨끗이 하여 대청국을 섬기겠다.」는 치욕적인 항복문서는 도탄에 빠진 백성의 생명과 종사의 안전을 구했으나, 명분과 의리를 저버려 종묘사직을 욕되게 했다는 오명이 뒤따랐다. 실리를 위한 화의였지만 그 결과는 민족의 자존심을 손상케 하고 군주에게 씻을 수 없는 치욕을 안겨주었으며 왕세자와 국정 대신들이 인질로 끌려가고 수십만 명의 백성들이 적지에 억류되는 참상을 빚게 했다는 비난을 받았다. 그러나 그는 명분을 지키려다 임금과 백성이 도륙당하는 역사의 단절을 초래하는 것보다는 살아남아 후

일을 도모해야한다는 실리에 충실한 인물이었다. 그리하여 위기관리의 주역이었다는 역사의 평가를 받고 있는 것이다.

전란 후 그는 사은사(謝恩使)가 되어 청나라에 가서 포로송환 교섭을 벌이는 등 산적한 외교문제 처리에도 뛰어난 업적을 세웠다. 귀국 후엔 그가 쓴 항복문서를 찢어버리면서까지 화의에 반대했던 김상헌(金尙憲)의 절의를 칭찬하며 『나같이 항복문서를 쓰는 사람도 있어야하고 찢는 사람도 반드시 있어야 한다.』고 말하기도 했다. 척화론 주화론 모두 나라를 구하는 방편이었음을 천명하는 화합론이었던 것이다.

승전국 청나라의 정치적 협박이 있을 때마다 그는 솔선하여 비장한 각오로 치상(治喪)도구까지 갖추고 적지에 들어가 임무를 수행하였고 때로는 청 황제가 인조를 문책할 때 대신 갇히는 고역을 감당하기도 했다.

그는 명분론자들의 힐책과 비난에 개의치 않고 자신의 실리주의 논리를 꿋꿋이 지켜나갔다. 그러한 신념과 사상으로 명분과 현실을 조절하고, 시류의 고루한 청의(淸議)를 배척하였던 것이다. 이와 같은 그의 정치적 신념, 사상체계는 그의 아버지 최기남(崔起南)에 의해 전수된 가학(家學)에 힘입은 바 크며 이항복(李恒福)과 신흠(申欽)을 통해 성숙되었다. 최기남의 외가는 이미 양명학과 접촉했던 남언경(南彦經)가계였다. 최명길이 명분에만 집착하지 않고 지행

합일(知行合一)의 양명학에 접근할 수 있었음은 당연했고 그리하여 주자학에 바탕하면서도 양명학에 깊은 관심을 가졌던 것이다. 이런 점에서 「병자호란을 당하여 화의를 주창하게 된 것은 양명학에 크게 힘입었다.」는 후대의 지적은 적절하다고 볼 수 있다. 실리 없는 형식이나 명분만을 고집한 학자들의 허점을 지적하는 것이다.

최명길의 수기지학(修己之學)은 엄정한 논리, 변함없는 의리론을 통해 잘 설명할 수 있으며 치인(治人)에 있어서도 도덕과 처세를 한결같이 바꾸지 않고 뚜렷이 하였다. 그래서 그는 당대의 으뜸가는 신념 있는 선비임에 틀림없다.

○ 이 글은 최명길에 관한 연구가 그리 많지 않았던 비교적 이른 시기에 대중매체를 통해 발표되었던 것인데, 짧은 글임에도 그 요체가 최명길의 삶을 꿰뚫어 후학들에게 촌철 같은 가르침을 주는 선구적인 의의를 지닌 것으로 생각되었다.

병자봉사(丙子封事)

1.

인조(仁祖)는 광해군이 임진란 때 풍전등화 같은 위기에서 구해 준 명(明)나라의 재조지은(再造之恩)을 저버리고 오랑캐에게 성의를 베푼 것을 반정의 명분 가운데 하나로 삼았음은 누구나 아는 사실이다. 곧, 주자학적 명분론과 의리론에 입각한 화이론(華夷論)은 인조 정권의 태생적 조건이 되었던 셈이다. 이는 중원(中原)의 새로운 세력으로 후금(後金)이 떠오르고 있는 상황에 직면하여 적절히 대처할 수 없는 족쇄가 되었던 바, 인조 정권은 오랑캐 후금과의 선린관계를 맺는 것이 자신들의 존립기반을 위태롭게 하는 것으로 생각할 수밖에 없었던 것이다. 그래서 여러 차례에 걸쳐 사신을 보내는 등 조선과 화친을 맺기 위한 후금의 노력을 모두 오랑캐라며 무시해버리고 말았다.

이에, 여러 가지 요인이 있었지만 무엇보다도 후금은 명나라를 치기 위해 중국 본토로 진입하려면 배후를 위협하는 조선을 정복하여 후환을 없앨 필요가 생기자, 1627년 1월 3만의 정예병을 이끌고 소위 정묘호란(丁卯胡亂)을 일으켜 압록강을 넘어서 순식간에 평양을 함락시키고 한양을 위협하였다. 그러자 인조를 비롯한 조정의 신하들은 강화도로 피하고, 소현세자(昭顯世子)는 전주(全州)로 피란하였다. 때마침 황주(黃州)에 이른 후금군도 전쟁이 계속되는 것을 원치 않아서 화의를 먼저 제의하였고, 그로 인해 '양국은 형제의 나라로 일컬으며, 조선은 후금과 화약을 맺되 명나라에 적대하지 않는다.' 등의 조건으로 화의가 성립되었다.

그러나 후금의 군대가 물러난 뒤, 후금과의 형제관계를 맺은 맹약(盟約)에 대해 굴욕적인 것으로 인식하는 분위기가 팽배하였고, 그 맹약을 맺도록 권유한 최명길에게 비난이 쏟아졌다. 인조는 최명길을 경기도관찰사로 임명함으로써 일단 조정으로부터 한 발 물러나 비켜서 있을 수 있도록 조처하여 그를 감쌌다. 그 밖에도 맹약에 따라 막대한 세폐(歲幣)와 수시로 강요하는 물자를 조달해야 하는 과중한 경제적 부담을 짊어질 수밖에 없는 현실이었다.

이 과정에서 조선에서는 배금(排金) 경향이 날로 고조되었고, 후금은 계속 조선에 강압적인 태도를 취함으로써, 양국의 상황은 악화일로를 걷게 되었다. 그러나 조선은 후금의 실체에 대해 인정하

지 않을 수 없었을 뿐만 아니라 민심회복을 통한 정권 안정도 난
망한 과제임을 자각하지 않을 수 없었다. 무엇보다도 왜란 이후
황폐화된 농경지는 아직 복구되지 못하였고 농업 생산력도 채 회
복되지 않았던 상황에서 후금의 과중한 요구를 들어주어야 했기
때문이다. 이에서, 인조와 그 집정자(執政者)들은 반정의 명분과 현
실의 괴리에 직면하지 않을 수 없었다. 후금과 맞서기에는 국내
현실의 제반여건이 너무나 허약한 데서 기인한 '명분과 현실의 괴
리'를 두고 인조와 그 집정자들은 서로 다른 견해와 입장을 가질
수밖에 없었던 것이다.

2.

정묘호란 뒤 후금은 국호를 '청(淸)'으로 바꾸면서 더욱 팽창된
세력을 배경으로 '조공(朝貢)을 하라'거나 '황제의 나라로 받들라'
고 조선에 강압적인 태도를 취했고, 이때 조선의 조정은 이 문제
를 놓고 주지하듯 척화파와 주화파 사이의 격렬한 논란이 벌어졌
다. 특히, 1636년에 들어 청나라의 요구는 아주 강경했고, 요구를
듣지 않으면 다시 내침하겠다고 엄포를 놓자, 양국의 외교적 마찰
이 심화되었고 또한 정치적 긴장상태가 극도로 악화되어 갔다.
최명길은 병으로 집에 누워 있다가 이 소식을 듣고 1636년 2월

26일 왕에게 상소를 올린 것이 바로 이 책에 소개된 첫 번째 병자봉사이다. 병자봉사(丙子封事)는 ≪지천집(遲川集)≫ 권11 '차(箚)'에 실려 있다. 일반적으로 '병자봉사'라 함은 1636년 2월 26일, 9월 5일, 11월 6일 등 세 차례 올린 시무소(時務疏)를 통칭하는 말이다. 이것들은 청(淸)과의 외교 문제에 관한 득실을 논하고 그 대책을 제시한 것이어서 시무소의 성격을 지닌 것인데, 세 번째 병자봉사만은 한성판윤(漢城判尹)의 사직을 청하면서 올린 것이라 자신을 변호하는 변무소(辨誣疏)의 성격도 또한 지니고 있다.

첫 번째 병자봉사는, 용골대(龍骨大)가 황제 추대 문제를 의논하러 오는 것임을 사전 예고한 상태에서 마침 인조비(仁祖妃)의 국상을 조문한다는 핑계로 한(汗)의 국서와 함께 '금국집정팔대신(金國執政八大臣)'과 '금국외번몽고(金國外藩蒙古)'라는 서신을 전달하려 하매, 이의 접수를 거부하는 상황임을 알고서 1636년 2월 26일에 올린 상소문이다.

청이 지난 10년간 별다른 말이 없다가, 1636년에 왜 하필 조선의 입을 빌려 황제를 참칭하려는 것인지 그 의도를 신중히 간파해야 함을 역설하면서, 그 참칭은 조선과 무관한 것임을 단언하였다. 그러면서 청의 국서에 대한 공식적인 답서와는 별도로 '위호(僞號)를 분수에 넘치게 사용해서는 안 된다는 것, 신하국으로서의 절개를 바꿀 수 없다는 것, 존비의 등급을 어지럽혀서는 안 된다는 것'

등을 담은 문건을 작성하여 명나라 조정에 보냄으로써 명에 대한 의리도 밝히고 국가의 체통도 보존해야 한다고 했다. 이처럼 주자학적 명분까지 세울 방안을 제시했을 뿐만 아니라, 청의 사신이라고 하여 무조건 물리치지 말면서 '전례에 따른 글'에는 답하고 '이치에 어긋나는 말'은 거부하는 가운데, 청의 사신도 만나고 서달(西㺚)도 박대할 필요가 없다고 하여 곧 닥칠 앙화를 늦추는 방안을 제시하고 있다. 결국 혈기를 앞세워 대항하는 일이 급한 것이 아니라, 한시바삐 정치를 개혁하고 인재를 발탁하여 국세를 다지는 것이 큰 낭패를 겪지 않는 길이라고 주장했다.

두 번째 병자봉사는, 1636년 6월 청에 격서(檄書)를 보내는 등 척화 일변도였던 분위기에서 명나라 장수들에 의해 변화를 모색할 수 있게 된 상황을 배경 삼아 9월 5일에 올린 상소문이다. 곧, 7월 명나라 부총(副摠) 백등용(白登庸)이 오랑캐에 대한 정탐을 권유하였고, 9월 감군(監軍) 황손무(黃孫茂)가 칙서(勅書)와 게첩(揭帖)을 가져왔기 때문이다. 그들은 조선 조정에 대해서 대의명분에 입각하여 무조건 전쟁을 불사하지 말고, 현실을 직시하여 최소한의 방어력이 갖추어질 때까지 전쟁을 회피할 방도로써 외교를 통해 시간을 끌어보라는 메시지를 전달하였던 것이다. 이 문제를 조정이 심각하게 논의하는 상황에서, 오랑캐와 타협하는 이러한 계책을 반대하는 입장과 수용하려는 입장이 나뉘었다.

수용하려는 입장이었던 최명길은 윤황(尹煌)의 차자만은 '논하는 말이 매우 정당하고 방법과 계략도 채택할 만하다(言論甚正, 方略可採)'고 하여, 묘당(廟堂)이 원래 정해놓은 계책도 없이 다만 이리저리 둘러대는 계책만을 지닌 것에 비판하였다. 즉 묘당은 윤황의 주장을 받아들여 '싸우거나 지키거나 하는 계책(戰守之計)'를 결정하지도 못하고, 자신의 주장을 받아들여 '병화를 늦추는 계책(緩禍之謀)'도 도모하지 못한다는 것이었다. 곧 닥쳐올 병화는 대비하지 않은 채 명분만을 좇느라 애매한 태도를 보이는 것을 비판하면서, 의주성(義州城)에서 일전을 대비하여야 하고 동시에 심양(瀋陽)에 국서를 보내어 청의 형편을 탐지하고 반응을 살펴야 한다고 했다. 결국 매우 긴박한 상황임에도 불구하고 명분만을 좇는 척화파의 애매한 태도와 무책임을 비난하면서, 일전을 치르더라도 국토의 피해를 최소화할 수 있는 방안을 모색하자는 것이었다.

세 번째 병자봉사는, 9월 19일 열린 경연(經筵)에서 자신이 오랑캐에게 사람을 보내는 일이 지연되는 것을 개탄하는 가운데, "연소배들의 말을 모두 들어줄 필요가 없고, 국서에는 '청국(淸國)'이라고 써서 보내는 것이 타당하며, 우리나라 사람들은 군사기밀의 중요성을 알지 못하니 앞으로는 심복대신(心腹大臣)과 은밀히 의논하여 결정하고 승지(承旨)나 내관(內官)도 알지 못하게 해야 한다."고 주장한 것에 대한 규탄과 함께 탄핵하려는 공론이 들끓자, 11

월 6일 한성판윤(漢城判尹)의 사직을 청하면서 자신의 주화론을 변
명하기 위해 올린 장문의 상소문이다.

그 내용을 간추려보자면, 남송(南宋) 때 금(金)의 침략을 배경으로
하여 존왕양이(尊王攘夷) 사상을 집대성한 호안국(胡安國, 1074~1138)
도 척화론을 비판한 적이 있고, 임진왜란 때 성혼(成渾, 1535~1598)
도 강화(講和)를 하여 살기보다는 차라리 의를 지키다가 죽는 것이
낫다고 하는 것은 신하가 절개를 지키는 말일 뿐이며, 종묘사직의
존망은 필부의 죽고 사는 것과는 다르다고 한 적이 있음을 들어서
자신의 논리적 근거를 제시하였다. 그리하여 일이란 본디 명분이
아름다우나 실제는 그렇지 않은 경우가 있기 때문에, 대체로 일을
수행하는 방도에는 정상적인 것과 임기응변적인 것이 있으며, 일
에는 급히 처리해야 하는 것과 늦게 해야 할 것이 있어서, 때가 어
디에 있든 의(義)도 때에 따라 달라진다고 주장하였다. 따라서 자
신의 주화론은 시비(是非)를 돌보지 않고 이해지설(利害之說)만 내세
운 것이 아니라, 시세(時勢)를 참작하고 의리를 따져서 나온 것임을
변무(辨誣)한 것이다. 또한 주자학 명분론과 의리론에서 초래된 정
치 현실과의 모순을 극복하고자 한 것이었다.

이처럼 세 편의 병자봉사에서 보여준 최명길의 주장은 한결같
다. 청나라와 맞서기에는 조선의 현실적 여건이 미약한데도 척화
를 주장하면, 국토가 유린되고 죄 없는 백성이 살상된다는 것이었

다. 정묘호란 이후 10년이 지나도록 군사도 육성하지 않았고, 양곡도 비축하지 않은 현실을 감안한 것이다. 그러므로 현실적 여건을 도외시하고 명분만을 내세우느니, 상대를 달래어 사직과 민생의 안정을 이룬 다음에 힘을 길러 대응하는 것이 바람직하다는 것이었다. 결국 국가의 존립보다 우월한 명분은 존재할 수 없다면서, 국력이 약할 때는 일시적인 굴욕을 참고 상대를 자극하지 않는 등 실리적 관계를 유지하며 국력을 신장해 후일을 도모할 것을 주장하는 실용적 입장을 고수한 대표적인 인물이 바로 최명길(崔鳴吉, 1586~1647)이었던 것이다. '명분'과 '실리'라는 양 극단의 하나만을 취한 인물이 아니라, 실리를 주안점으로 하여 그 양극을 조화롭게 조율하려 했던 난세의 조정자라 할 것이다.

◯ 참고문헌

『한국민족문화대백과사전』, 한국학중앙연구원.
김용흠, 「조선후기 인조대 정치론의 분화와 변통론」, 연세대학교 박사학위논문, 2005.
김현정, 「최명길 소차(疏箚)의 서술기법 연구」, 고려대학교 석사학위논문, 2009.

찾아보기

[영인]

병자봉사

여기서부터는 影印本을 인쇄한 부분으로 맨 뒤 페이지부터 보십시오.

情聖明下臨何敢一毫欺罔伏願 殿下俯察
情勢力鞗匿本職及燕帶經邈春秋賓客內局備邊
提調等任以安愚分以活徵命則自今至死之升
皆 聖上賜也言及於此隨不自知截取進止

有邅情而一啓之後臺論旋傅公議亦可見盡節
之外更有何說第惟臣之所患賤疾已垂一年初
謂秋涼之後或有少差之望寒節斷深證勢尤劇
真元已削只有浮熱夜則合眼就挑不過一更盡
則終日所食未滿數合精神悅惚如在夢界中加
以左邊偏虛已成痼疾稍觸風涼則眉目瞤動手
脚抽攣常有卒倒之狀有量氣力雖得靜養善調
不過支撐數年之命而如使勉強出門自此平人
則不出旬日大病更作其死必夫平生報國之計
已墮空虛诵省初心只自悲悼此皆臣之實狀實

而迹元祐隨勢低昂惟利是趨故攬在君上則達
迎以取寵攬在朝廷則黨附以濟私今之朝廷適
無小人若果有之則必有好名卽出是將依阿違
議釣取虛譽雍容談笑坐收大權何苦而獨執已
見冒犯衆怒孤立一世屢困而莫之悔世間寧有
如許愚迷之小人乎噫南宋之主和者禍歸於國
而剗歸於身今之主和者禍歸於身而利歸於國
執此以言則人之賢邪事之是非亦有不難知者
矣君子之所信者心也求諸心而無愧則毀譽之
來特其外物耳況臣之有罪無罪　聖鑑洞燭靡

慮機要生於心而發於事者不為不多雖其才勞
識淺不能有所裨益亦頗自謂小心畏慎奉公無
他其幸而得免於數者之目則行路之人亦或知
之使臣豈有此等罪狀何不歷舉明言以正邦刑
而乃挾摘言語間偶欠照管之慮秉機窺覘橫加
小人之名爭昔在　宣廟朝時輩深忌李珥而未
得其罪乃因公事間微細之事乘時造謗指謂擅
權慢上陰嗾愚妄言官以逞其擊去之端不謂今
日朝廷又有此等景象也小人情狀變幻無常最
難測度如封德彝俊於隋而忠於唐楊畏心熙豐

有惻隱之心者宜若在所衰矜而乃反怒目相視
攻擊如不及亦獨何心哉胡譯不送則已送則一
刻爲急而　捐前議定之後猶存遷就自示難色
得令年少之論有以乘其間隙京阮曉停灣且
久近間西報賊已還穴似有後期無益之憂和事
已無可望勢將坐待兵禍到此地頭不能無憾於
廟堂之持重而年少過激之言亦有所不是課責
者矣自古姦臣罪目可得而言也曰擁蔽聰明曰
隔塞良曰招權納賂曰徇私植黨曰報復恩讐
數者是已臣十年遭遇　恩眷偏厚憂忝銓衡長

之心猶切於中且聞廟堂之議亦多與臣相近冀
或有分謗之慮故一爭於龍差在館之日再陳於
商胡未到之前而皆略見微意以發其端不敢盡
其所敢言以俟　君相之慮分而言既無效累矣
事機浩漫私室心病轉甚或有謂臣者曰時議方
峻空言無益若能黽勉出仕周旋備局則猶不為
無助臣亦惟之此言近理故扶策垂死之形骸觸
冒方張之建議八陳於　獨前出爭於大臣焦唇
乾舌不有知止之若是者豈有他哉誠悶　宗國
之將危而不暇更計一身之利害耳朝廷之上苟

坐挑強虜之釁而莫之顧者何哉此又臣之所未
曉也故臣之為此齦齦之言者非敢不顧是非徒
為利害之說以誤　君父也酌之以時勢裁之以
義理證之以先儒之定論叅之以　祖宗之往迹
如是則國或危如是則民可保如是則害於道理
如是則合於事宜靡不爛熟思量有以信其或然
常窃以為國力方竭虜兵尚強姑守丁卯之約以
緩數年之禍得以其間敩政施仁收拾民心築城
儲粮益固邊備歛兵不動以觀彼釁為我國計無
㘅此者既以素定於心又以屢言於人然而畏謗

爲非則到今追改有何不可聖人有言過則勿憚
改夫不自量力輕爲大言擴挑犬羊之怒終至於
生靈塗炭　宗社不血食則其爲過也孰大於是
使朝廷翻然改圖曰始聞伊賊僭逆之言不勝痛
嫉之心且慮非禮之脅遂定寧以國斃之計姑見
慮書不失兄弟之孫自量國力還有輕絶之悔深
惟長慮聊復云甫以此上聞於　天朝下示於百
姓慮事明白其誰曰不然臣見近來朝廷大小政
令未免數變以致失信於民者甚多而未聞有幾
言遑正者獨於係國家安危之事必欲膠守小信

如使朱胡兩賢及成渾柳成龍李德馨李廷龜諸
臣復生於今日則其是非得失之所在不難定矣
今之議者皆曰丁卯之和固不害義理至於今日
賊已僭號不可更與之通使此言似矣而實未深
思者也使奴違丁卯兄弟之盟而迫我以非禮則
於義固有決不可從者矣今旣不然而仍用隣國
之禮則彼之僭號與否非我所當問何可以禮義
責虜狄乎議者又曰當初駁逐龍羞固爲失著而
業已移咨撤島下諭八方更將何辭復與虜通使
乎此亦知其一未知其二者也夫旣以當初輕絕

以國君死社稷之說致責於太王者則太王亦必
難於為對然舜與太王終不拘於或者之言而自
甘於斁倫亡國之歸蓋道有經權事有輕重時之
所在義亦隨之聖人作易中貴於正良以此也然
非見理不惑執德不回之君子孰能斟酌得宜確
守所見以了一世之事者哉今以成渾書中之語
想見當時心事足令人憒然一淨也至於今日之
事則又有大異於此者焉以時勢言之則既無石
晉兵力之強盛又無壬辰天兵之可恃以義理言
之則初無稱子稱臣之辱又非　祖宗難忘之讐

和之端此豈忘讎負君而然我蓋以當日事勢自
有甚不得已若使徒守一切之論不思權宜之計
則其禍必不止於　兩陵遭變而已故也成渾既
被謗而去柳成龍仍持和議遂有黃慎之行成龍
既敗李德馨又持前說繼有松雲之遣游辭緩賊
苟支時月天兵既撤賊亦熊歸我國之至今保全
者雖出於　皇朝拯濟之惠而亦由於前項數臣
不避謗言竭忠擔當之力也事固有名義而責不
然者如大舜不告而娶如有以娶妻必告之語致
詰於舜者則舜必難於為對太王避狄去邠如有

人人畏辟不敢言獨於欲合　中國之說攻之如

此無畏故也吾恐本原不立而大義不可單行亦

不足以救崇國之亡而同歸於亡國之大夫安能

免後世之責我又曰韓仇冒伐金可謂伸大義於

天下而先儒以幾危宗杜罪之張南軒以復讐為

事業而使之伐金則以金不可伐為言凡以此者

宗杜為重而相時度力為時中之義耳凡此數欺

語當非今日廷臣之所當深思者乎夫倭賊蹂躪

八方辱及　兩陵其在我國誠百世必報之讐而

成渾以一時儒宗肉天將之一言敢發　奏請讐

之好名者惜名越利者求利誰肯自近於泰檜之
故迹就鄙人之言不幸而欲順 中國之意宣乎
賢者憂我之盡藥平生汚賤其身而莫之救以一死
也雖然制事者必察其時論人者當原其情不可
以疑忌之心邊律之以一切之法也又曰朱子云
既不枉尺而直尋又不膠柱而鼓瑟若使天下道
理只有上一句而已則又安用更說下一句哉又
曰来喻云與其講和而存無寧守義而亡此乃人
臣守節之言耳宗社存亡興於匹夫之事如此乃立
說不覺涕泗交頤也又曰内修之實專在本原而

渾之論益急章疏紛紜至有早正王法以謝後世
等語不惟時議如此為渾門生者亦頗致疑於渾
渾以書徃復自解其答申應榘書曰人之所見必
有誤入於前然後發為言論貽害於後鄙見每謂
事有是非有利害主於是非則見理而不見物主
於利害則見物而不見理是以董子謂正其義不
謀其利然在朝建則或有是非利害合而為一慮
朝建利害之所在即是非之所在也坐此一句所
見而陷於一世大戮其答黃慎書曰秦檜在前千
載之下孰不欲刲刃其腹是以言淡於和衆共棄

前約等語反覆抑揚多所嗟惜恕其心而罪其迹若
是者何哉盖以人臣為其君謀國而不存遠慮果
於自用以致亡人之國則其事雖正而其罪有不
可逃故也曾在 宣廟朝甲午年間 天朝諸將
倦於用兵始有講和退賊之計令我國奏請 天
朝故臣成渾首陳可許之意而論者譁然非之及
全羅監司李廷馣繼奏講和之言将被重罪渾與
時相柳成龍獨憐其忠約於 上前同辭救解渾
先曰廷馣之言乃以伏節死義為心者也 宣廟
大怒渾惶恐謝罪柳成龍遂不敢言而退自此攻

延廣同被貶削之理乎且見先儒胡氏之論曰即
事而言延廣亡晉之罪無可贖者即情而論以晉
父事契丹中外人心皆不能平故慨然欲一洒之
而不思輕背信好自生釁端狹中淺謀一朝之忿
忘其身以及其君如使延廣應善而動動罹嚴時
姑守前約内修政事則不出數年可以得志夫以
義理言之則以天子之尊父事戎狄其在石晉臣
子猶有所不堪況以胡氏學術之正尊中國攘夷
狄乃其一生事業則立言著論進議前代得失於
百年之後有何一分顧藉而乃以輕背信好姑守

諫宜其不能入也其後契丹連歲入寇輒為晉所
敗河上之戰澶州之戰相州之戰陽城之戰定州
之戰石晉之威亦已必伸而契丹之怒豈然未已
中國罷敝不能自存始乃遣使請復稱臣契丹不
許及三年契丹大舉入寇而石晉遂亡夫桑維翰
之諫近於智矣而當初失計導主臣虜以基中國
之難景延廣之言近於正矣而不度時宜輕開虜
釁以致覆亡之禍其事雖殊厥罪惟均故朱子綱
目削其官而兩貶之向使維翰初無臣虜之罪只
有諫止之言則將為石晉之忠臣豈有與亡晉之

事者無他一開口則相隨而入於和議枓曰中故
也此見主和二字為臣一生身累然於臣心尚未
覺今日和事之為非請以前後　撝前所陳之意
反覆兩明之盖石晉高祖之起兵河東也桑維翰
勅令稱子稱臣於契丹借兵以取中國事成之後
事契丹益恭其為中國之羞辱莫此為甚出帝即
位景延廣建議去臣稱孫言於契丹使曰翁怒則
来戰孫有十萬橫磨劍以待之桑維翰屢請遜辭
以謝契丹出帝不聽盖其時石晉兵力不下於契
冊而稱臣之厚實天下之人所共憤則桑維翰之

兩言之者也非謂國家大小事皆可所去承旨而
獨與大臣議也其他所陳亦莫非憂悶世道羲自
真情少無他意於其間不料年少輩不能平心聽
言就臣多少說話中摘取一句無情之語藉為口
實欲擠之於罔測之地人心之危險一至此哉夫
不聞話端之所自不察本情之所在截斷首尾摘
出單辭片語以為疵病則雖聖經賢傳之言亦必
有可疑慮況於臣之素不擇言者乎今日攻臣之
論出於若千年必之口而舉朝靡然或相和附其
間非無知臣誣枉者而環立相視終不敢明臣心

德憲之事都瞀適固假撻之言詳知實狀至於
奏聞則天下之疑固已氷釋美今此欺　皇朝之
語顯發於我國臣子之口而又無傍觀立證之人
將使國家何以自解於　天朝乎士夫好名亦固
美意而其流之獎乃至於此臣之憂悶痛迫實在
於斯而入侍之日仰聆　天語實與臣之所憂相
合而為其言事之人不敢顯斥其非但曰此等軍
機重事貴在神秘只當與腹心大臣密議慶之雖
承責內官皆不可聞也因舉丁卯三司啓請夜擎
之事以證我國機事不密之一端古人所謂有為

之箋觀其揭帖所云保境息民固是人情陽施陰

設以示不測等語則其意固可見矣而二三年必

不有 勅使之深慮不計廟堂之苦心肆然陳啓

睠咨朝廷以欺吾民員 皇朝等語發諸朝報傳

播遠近未知何者為欺吾民何者為員 皇朝乎

我國亞有瀋陽傍有撨島而彼皆窃購朝報窺覘

國情臺諫啓辭措語不可不慎重者如此而今以

年少輩妄言之故將得謗於 皇朝見疑於隣敵

證父攘羊直則直矣而聖人猶且不許况其父初

不攘羊而其子誣引以證之豈不大悖於理哉羅

以軍撓重事淺之於蕭國子夫我國既不能興兵
擣穴以除天下之害毖於行計之請又拒之而不
從則不但　勑使之落莫即　中朝聞之亦必大
以為惟然則雖知其事之齟齬其勢固不得不許
況觀勢乘便不無可圖之事者乎故於　揭前下
問之曰大臣諸宰之言不謀而同既以此復於
勑使而勑使又將歸奏　天子至於謄示奏稿又
於碧蹄餞宴之日面囑大臣益致丁寧之意誠非
偶然計也此盖　天朝之人目見我國兵力單弱
決不可與虜相抗故不以他事蒙我而付以用計

猶存斟酌從容議罪不使宣露方合為國諱惡之
義況其抗稽不屈捐棄汙衊事狀明白在人耳目
者乎竊聞當初狀啓之來廟堂豈有褒賞之意而
橫議辛羹勅加以屈膝虜庭之罪夫瀋國使臣屈
膝僭逆之奴豈是國家義事而嘆然相傳若聞好
語如有明其不然者則勅然大怒此豈人之性情
哉至於入送胡譯傳致國書以明絕和之端不自
我始者臣之所見自初如此故再次剗陳而未蒙
採施 勅使到館之明日即發偵探行間之言懇
懇不已若非 中朝所知則為 勅使者何敢擅

助治道君上有失德則爭之宰相有不法則規之
雖有過激倒加寬貸不使摧折其氣者所以開其
敢言之路也至於國家大計關係安危者則自有
老成大臣與列卿諸宰量度機宜稟旨慶置非
年必筆所敢與臣及仕　宣廟朝末見三司之官
擅議軍國之政及至　聖上臨御優容諫臣大開
言路固是清朝之義事而未免有政歸臺閣之歎
朝家有大段處置大臣不能自斷動為浮議所制
朝廷不尊國體日輕至於今日而其獎極其試以
近事言之羅德憲之使奴也假令實有所失亦宜

中因一言妄發見攻於嶺南士子費了許多文字
僅得自明至今思之心膽猶寒知臣病痛者常戒
臣曰如有所懷可具文字上達慎勿於　攔前開
口臣亦痛自懲艾剝舌久矣頃日再次入侍只欲
陳達邊事而已愚妄無狀頃忘前戒又復妄夢自
觸禍機惟口興戎豈不信哉申恂蕈所怒於臣者
未知何事而啓辭中既以屏去承旨一款爲臣罪
目則臣不得不攪其所言而辨之也臣常念　祖
宗定官制也三司之職五六品居多皆以年少新
進充之盖欲藉其耳目之捷敏志氣之果鋭以資

而不容自巳者矣臣稟性輕脫不曉機關尋常對
人言語惡露惻愊靡所隱蔽至於登對之際尤是
慎言之地而率爾之性不能矯揉每以屋下所常
言者仰達於　天聽動觸時諱加以拙於口語心
之所存不能形之於口臨當入待預為思量所欲
上達之事暗記於心上如宿搆文字則亦能稍成
頭緒如或卒然承　問信口而對則倒多顛錯始
不成說話或不能諦聽　天語往往失其　下問
之意退而思之方始知悔此皆臣不能修辭之病
非不自知甚明而臨塲如醉不覺其謬上年　　越

晚猶或可爲伏乞　殿下下臣此劄于廟堂無或

如前掩置逮速議覆俾無日後之悔幸甚取進止

弟三

伏以臣不量時勢妄陳愚見重被臺評幾陷不測

幸賴　聖明洞察臣之本情委曲分釋靡有餘蘊

雖使臣自爲辨明無以過此感激　恩眷涕泗交

疏破腦刳肝豈足仰報臣以不才無狀致身崇品

福祿太過灾害自至疾病沉痼誣謗交集固已無

復當世之念弟有區區之危惕尚未盡暴於　天

日之下者即欲都無一言而退亦有所煩寬譴誨

於義州約束諸將有進無退方合於戰守之常道

且移書瀋陽備陳君臣大義仍言秋信不入送之

由一以探虜情形一以觀彼所答彼若別無他心

仍用兄弟之禮則依胡氏所論姑守前約內修政

事必為後圖務反石晉之前轍如其不然則固守

龍灣背城一戰決安危於邊上雖或計非萬全猶

愈於束手待亡捨此不圖一向婾婀欲言進戰不

無疑懼之念欲言羈縻又恐謗議之來彼此不及

進退無據江永將合禍迫目前所謂待汝議論定

時我已渡江者不幸而近之矣臣竊痛焉今雖已

人人皆言斥和獨諫院一劄言論甚正方略可採
似非隨衆和附之比誠使廟堂之意專在於絕和
則回啓之辭一何朦朧回護遂無一言一策之見
施此不過元無定筭特為遷就之計者耳夫既不
能用諫院之論以決戰守之計又不能用臣之言
以為緩禍之謀一朝虜騎長駈不過體臣入守江
都帥臣退處正方清北列邑固將委以與賊安州
一城勢必不能獨全生靈魚肉　宗社播越到此
地頭咎將誰往臣之愚意　大駕進駐鞏不可輕
議體臣帥臣皆當開府於平安道兵使亦宜入處

國勢自固雖有外患亦不至大叚顛沛矣臣之賤
疾一向泥綿精神昏憒全不省外事而窃不任區
區憂國之誠冒陳所懷唯　明主裁之取進止

第二

伏以臣五朔經營僅一八侍區之愚悃所欲陳者
甚多而臣素拙於口談加以大病之餘神志昏憒
不能十舉三四所陳之言亦無一事獲蒙領可
固知言不是用然不能無慨然于中也至如西事
一欵密間　天意似若不必臣言為妄而竟無據
施之案此係安危大計不容但已近日臺閣之上

臣之義隣國之道得以兩全於計為宜況今山
陵未畢守備未完權宜緩禍之策亦何可全哉不
思金差不妨招見所不可見者西獷耳西獷不必
薄待所當嚴允者惇書耳臣竊觀今日虜情特
早晚等是被女但不可朦朧處置以致見賣過於
落莫以侵其兵耳城門閉言跛開雖有悔端亦不
濟事今日之勢可謂急矣而辜未至於目前被兵
伏願殿下益加憤發先立大志如頃日諫臣范
臣之言多所挫納收叙言事之臣勇革病民之政
振拔人才激勵將士以慰惋臣民之望則人心既慨

之則事跡晻昧無可據證如使驕虜反其辭說而
詆我於天下其將何以自解乎臣之愚意例答之
外別為一書備陳偽號之不可僭臣節之不可易
尊卑之等不可紊以明大義而存曖昧仍將虜書
及我國所答移咨督府轉奏　皇朝一面下諭八
方訓飭兵馬以待其變使天下之人曉然知朝廷
處置之明白然後可以折虜謀而壯士氣書之史
冊無愧辭矣且聞龍胡之行唯以春信吊祭為名
兩汗書亦無別語其所謂悖書者乃八高山及蒙
古王子書也答其循例之書而拒其悖理之言君

伏以臣病伏私室不與朝廷之議聞諸道路之傳

今此金差之言悖慢凶狡有不忍聞凡有血氣者

不憤惋欲死窃聞勾管問答廟堂籌畫辭直理當

有足可觀然於臣心有不得不為過慮者為當初

約和時朝廷以君臣大義反覆開陳彼雖犬羊亦

有知覺故不敢強我以非義約為隣國告天立誓

十餘年間未有他說今忽發為此言者何也且虜

既跨擾大漠無所受制肆然籍帝誰復禁止而必

欲籍口於我國者其心或難知我若只以口語答

병자봉사 影印

여기서부터 영인본을 인쇄한 부분입니다. 이 부분부터 보시기 바랍니다.